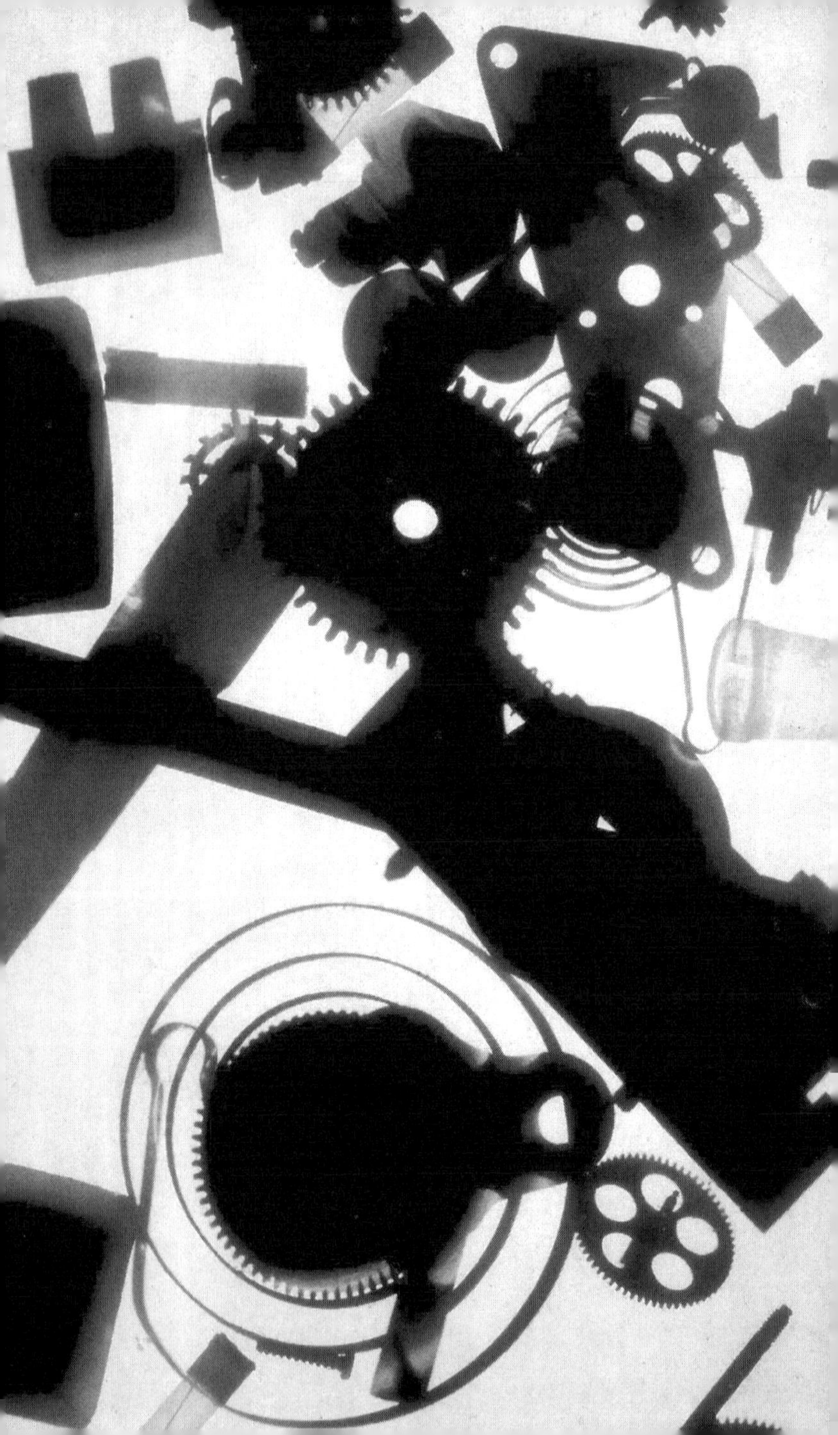

Reinecke & Voß

Luise Boege, geboren 1985 in Würzburg, lebt und arbeitet derzeit in Leipzig. Sie studierte am Deutschen Literaturinstitut in Leipzig und Literaturwissenschaft an der Universität Erfurt. Sie veröffentlichte Lyrik und Prosa in zahlreichen Zeitschriften und Anthologien (u.a. Akzente, Edit, Lichtungen) und wurde unter anderem 2006 mit dem Open Mike ausgezeichnet sowie 2012 mit dem Alfred-Döblin-Stipendium.

Impressum:

ISBN 978-3-942901-13-0
1. Auflage 2015
Verlag Reinecke & Voß
c/o Bertram Reinecke
Anhalter Straße 8
04129 Leipzig

Satz und grafische Gestaltung: Rebecca Fleckeisen
Druck und Bindung: Sowadruk Piaseczno
www.reinecke-voss.de

KASPERS FREUNDIN

Roman

LUISE BOEGE

1.

Allem geht eine uninteressante Vorgeschichte voraus, mit widerlichen Einzelheiten und geplatzten Plänen und so, und Kasper und seine Freundin beschließen, sich niemals wieder zu sehen. Das ist nun wirklich ein sehr guter Plan, und es verspricht auch, ein guter, ganz aufrechter Herbst zu werden, mit guten eigenen Köpfen und eigenen klaren Gedanken und klaren eigenen Blicken auf die Welt, und so weiter.
Das versprichts, jedem von beiden.

Dann muss Kaspers Großvater einsam sterben und liegt lang tot auf der Chaiselongue mit offenem Mund. Kasper bekommt das Sterbedatum später ungefähr heraus. Die Leute ermitteln es ihm anhand restlicher kälteunempfindlicher Kleinstteilchen und mit anderen undurchschaubaren Methoden.

2.

Aber gut, dass Winter ist,
denkt Kasper, als er den Geigenkasten im dämmrigen Flur abstellt, in die hohle Hand atmet, den Mantel aufknöpft und nach dem Lichtschalter tastet. Er sieht den Treppenaufgang hinauf, prüft die vertrauten Strukturen der Holzdielen auf dem Boden, und denkt sich:
Das ist doch schon mal ganz gut.

Der tote Großvater ist einige Tage zuvor entdeckt und abtransportiert worden.

Hinter Kasper steht der Notar des toten Großvaters. Der Notar hält mit steifen Fingerchen eine Aktentasche fest und sagt:
Es ist ja so kalt geworden,
zu den Holzdielen,
nun ist der Sommer aber wirklich vorbei, das will man immer gar nicht so wahrhaben, aber man muss schon direkt heizen, inzwischen, klar, ist ja November, und man muss das Licht anmachen, immer, den ganzen Tag.
Solche Sachen sagt der Notar. Vor ihren beiden Mündern steht dabei Dampf, und Kasper denkt die ganze Zeit:
Es ist so gut, es ist gut, das ist ganz gut so. Dass es Winter ist, immerhin, das ist gut.
Und er sagt lahm:
Jedenfalls ganz gut so, denn was die Insektenbildung angeht ...
und verstummt.

Die Wände schauen feucht und ungepflegt. Um ein hartes Stück Käse, das auf den Dielen liegt, zirkelt eine dünne Fliege. Im Wohnzimmer schichtet sich Staub auf dem Fernseher.

Kasper geht in die Küche und macht sich am Boiler zu schaffen. Er will sich heißes Wasser über seine Handgelenke laufen lassen, eine Angewohnheit aus der Kindheit. Im Flur kippt der Geigenkasten mit einem sorgfältigen Geräusch um.
Kasper schaltet die Heizung ein. Er schüttet Kaffeebohnen in eine Mühle, er mahlt Kaffee und stellt die Espressokanne auf den Herd. Er geht zu der Glasenuhr, die sperrig auf einer Anrichte steht, pustet den Staub von dem hölzernen Fuß, öffnet die Scheibe und zieht die Uhr mit einem goldenen Schlüssel auf, sehr langsam und gründlich. Der Notar schleicht heran und lugt ihm von hinten über die Schulter. Kasper fragt:
Hätten Sie vielleicht einmal kurz die Zeit für mich?
Der Notar zuckt zusammen.
Minütchen,
wispert er,
Minütchen,
und nestelt ein Handy aus seiner Jackentasche,
Sekündchen, sechzehn Uhr siebenundfünfzig. Ungefähr.
Der Notar hat ein Paar rührend hängende Bäckchen, die beim Wispern wippen, und in die Augen hinein wachsen ihm stabile Brauen.
Setzen Sie sich doch,
fordert Kasper ihn auf,
ins Wohnzimmer. Da steht eine Chaiselongue. Gleich gibt es Kaffee, und gleich müsste es auch wärmer werden.

Und tatsächlich tut die Glasenuhr einige rätselhafte Doppelschläge. Die Dunkelheit ist ja längst und mit voller Wucht hereingebrochen, die Krümel auf dem Couchtisch werfen von dem Deckenlicht her bedrohlich lange Schatten auf die Tischdecke, das Heizsystem knackt. Kaspers Kaffee schmeckt sehr gut.

Kasper sagt sich:
Ich bin sicher stabil. Ich sitze bleich, jedoch gerade. Die Fingerspitzen wärmen sich am Kaffee. Es stellen sich keine üblen Erinnerungen ein.
Und so weiter.

Der Notar will nun wissen, ob Kasper vorhat, das Haus zu verkaufen. So hat er es sich ausgedacht:
Ich muss dem Jungen helfen, das Haus zu verkaufen!
Vertraulich spricht er:
Ich glaube, so hat er sich das gedacht.
Wer?,
fragt Kasper.
Na, ihr Großvater. Die Kosten, das in diesem Zustand zu erhalten ...
Nein,
sagt Kasper,
vielen Dank!
Gute Entscheidung! Ich habe hier einen Plan gemacht, sehen Sie ...
Nein, vielen Dank, ich will das Haus nicht verkaufen. Ich ziehe hier ein,
sagt Kasper.
Oh. Können Sie nicht woanders wohnen?
Kasper sieht den Notar stumm und schattig an.
Entschuldigung, ist das für Sie wirklich interessant?
Also, nein, so war das aber nun gar nicht gemeint ...
Ach so,
sagt Kasper,
ich dachte schon.
Nein, nein, ich meinte nur,
sagt der Notar,
weil hier ist doch ihr Großvater gestorben. Und der Zustand des Hauses, sehen Sie mal. Und sehen Sie mal, die

Lage. Die Lage des Hauses, das sollten Sie sehen.
Ich glaube, die Lage des Hauses ist prima,
antwortet Kasper,
nicht zu weit weg, nicht zu nah dran an der Stadt. Nicht am Waldrand, nicht im Industriegebiet.
Über Kaspers Wange läuft jetzt eine Träne. Er wischt sie weg, und noch eine und noch ein paar Tränen laufen, weshalb Kasper dem Notar vorsichtshalber versichert:
Das passiert mir sonst nie!
Der Notar ist trotzdem zutiefst verstört. Er denkt sich:
Es muss sehr, sehr schlimm sein,
trinkt lautlos den Kaffee aus und geht.
Wir sehen uns dann bei der Beerdigung!

3.

Seiner Freundin sagt Kasper natürlich nichts. Es gibt ja die Übereinkunft, sich nie mehr wieder zu sehen, und Kasper hat für sich beschlossen, einfach so zu tun, als sei seine Freundin sowieso auch gestorben.
Alle sind gestorben,
sagt Kasper sich deutlich, nachdem der Notar gegangen ist, oder schlimmer noch. Alle sind gestorben, oder schlimmer noch. Alle, außer mir.

Kaspers Freundin bekommt also von niemandem eine Einladung zu der Beerdigung von Kaspers Großvater. Also geht sie auch nicht hin, obwohl das Kaspers Großvater sicher freuen würde. Er hat die Art, die Hände und das Gesicht von Kaspers Freundin immer gemocht, irgendwie, ja.

Nicht einmal zur Beerdigung kommt sie, sie könnte doch wenigstens,
denkt aber jetzt wieder Kasper, dem dabei klar ist, dass seine Freundin an ihrer Abwesenheit keine Schuld trägt, aber die Art und Weise, wie!,
denkt er, und kippt zornig Erde drauf, Erde auf den Sarg, und er spricht mit niemandem, der da ist, auf dem Friedhof, sondern denkt weiter, zähnebleckend:
Man ist doch nicht tot! Man ist doch nicht aus der Welt! Das Leben kann doch nicht einfach so, als sei nichts passiert, weitergehen!

Es ist ziemlich leer auf dem Friedhof, bis auf ein paar vereinzelte Frauen und Männer aus der Nachbarschaft, sowie zwei höfliche junge Leute mit hohen Hüten, die ein paar Blumen und kleine, mit irgendetwas bedruckte

Stofffähnchen ins Grab werfen. Der Notar des Großvaters ist auch gekommen und nickt Kasper kurz zu, gramvoll. Abschiednehmen fällt ihm nicht leicht, und er bekommt einen ziemlich schlechten Eindruck von Kasper, der laut:
Dreimal Scheiße,
sagt, laut und oft wiederholt so vor sich hin, auf dem Friedhof:
Dreimal Scheiße! Dreimal Scheiße! Scheiße!

Und die wenigen Männer und Frauen vom Stadtrand sehen Kasper hinterher, wie er die Veranstaltung vor dem Ende verlässt, während er gegen Büsche kickt und murmelt:
Und nicht mal zu meiner Beerdigung würdest du kommen! Auch nicht zu meiner!
Die Teilnehmer der Beerdigung geben die Hoffnung auf, von Kasper zu einem Leichenschmaus eingeladen zu werden.
Wir müssen uns wohl selbst organisieren,
sagen sie zueinander, und die beiden fremden jungen Leute folgen ihnen höflich und sitzen still am Tisch in der Gaststube ZUR HALTESTELLE, und gehen auch dann nicht weg, als schon alle völlig betrunken sind und etwas beschämt von ihrer Anwesenheit.

Aber Kasper sitzt in der Dämmerung auf der Chaiselongue seines toten Großvaters und wartet uninteressiert auf die Dunkelheit.

4.

Und kaum ist die Dunkelheit da, verkauft Kasper seine Geige.
Das kommt unerwartet.
Es klingelt, und vor dem Haus steht ein Herr, der höflich behauptet, dass nur Kaspers Instrument seinem Spiel gerecht werden kann, weshalb er die Geige jetzt unbedingt kaufen müsse.
Der Herr bemüht sich, nicht gierig auszusehen. Links steht ihm eine Reihe sehr schwarzer Zähne im Mund. Kasper kann in der Dunkelheit allerdings kaum etwas davon erkennen. Es stellt sich bei ihm auch keinerlei Erinnerung an den Herrn ein, als dieser spricht:
Mein herzlichstes Beileid! Es muss schwer sein für Sie. Und ohne Abschied! Woran, glauben Sie denn, ist ihr Großvater gestorben?
Die Kopfhaut des Herrn spannt sich sauber und pergamenten über seinen Schädel, der die Straßenlaterne reflektiert, was einen freundlichen Effekt ergibt. Und auch im Übrigen ist der Herr nett.
Kasper hebt die Schultern und sagt faul:
Er hat sich umgebracht!
Ach, tatsächlich?
Ich weiß es nicht.
Es ist eine Lüge, aber der Herr hält sich gar nicht weiter bei dem Thema auf, sondern bietet übergangslos eine geradezu lächerlich hohe Geldsumme für Kaspers Geige. Dazu schwenkt er bedächtig eine große Reisetasche, die er mit sich führt.
Ihre Geige, verstehen Sie! Ich möchte Sie gerne kaufen!
Woher wissen Sie, dass ich Geige spiele?,
fragt Kasper, der ja wie aus Zufall tatsächlich Geige spielt, und vorsichtshalber:

Sie müssen mich verwechseln! Ich besitze keine Geigen!
Der Herr lächelt nachsichtig und fährt fort, nunmehr mit der anderen Hand, seine Reisetasche bedeutungsvoll zu schwenken. Dabei passiert es, dass er Kasper seine schwarze Zahnreihe zuwendet und lächelt, dass die Haut sich zusammenknittert an den Schläfen.
Dochdoch. Ich bin mir sicher, Sie wollen Sie loswerden, die Geige und den ganzen Mist. Die verdammte Vergangenheit und so weiter.
Kasper wird kalt, aber das ist egal.
Soll das ein Witz sein? Werde ich irgendwo gefilmt?
Der Herr hebt die Schultern und blickt sich um.
Lassen Sie uns hoffen, dass nicht!
Eine Brise geht durch die dunkle Straße, ein Baum knistert, ein nicht richtig geschlossenes Fenster klappert, ein Vogel ruft, oder piepst, jämmerlich.
Wollen Sie mich nicht lieber hineinlassen?,
fragt der Herr, der Kaspers Gesicht die ganze Zeit beobachtet.
Ich schwöre, dass ich Ihren Großvater gekannt habe!
Kasper fragt nicht, woher. Er lehnt sich an den Türrahmen, damit der Herr an ihm vorbei und ins Warme kommen kann, aber der Herr bewegt sich nicht.
Sie müssen mich schon hereinbitten!
Na, kommen Sie halt.
Wie bitte?
Kommen Sie halt herein, bitte sehr, kommen Sie schon, es ist kalt!
Das Reden strengt Kasper an.
Der Herr bedankt sich überschwänglich für die, wie er es nennt, Einladung. Er streift seine Stiefel ab und tritt schwer in die Diele. Neugierig und ohne Scheu sieht er sich überall um.
Kasper schließt die Haustür.
Eine schöne Lampe,

lobt der Herr, und deutet auf das Energiespar-Rondell an der Decke.
Ich liebe Licht!
Der Geruch eines bestimmten Herrenparfüms breitet sich in der Diele aus, mit dessen richtiger Dosierung der Herr sich scheinbar schwer tut. Er vertieft sich in die beiden Bilder, die beim Treppenaufgang hängen.
Sind Sie das da?,
fragt er Kasper, und klackt laut mit einem spitzen Zeigefinger an Kaspers Kindergesicht.
So ein Kind sind Sie also gewesen?
Kommen Sie,
sagt Kasper und geht voran.

Im Wohnzimmer öffnet Kasper seinen Geigenkasten, holt den Bogen heraus und spannt ihn. Er nimmt die Geige in die Hand und zupft an allen Saiten.
Ist die Musik eigentlich eine Linie oder ein Stapel?
Hat mein Leben einen Sinn, wenn meine Freundin tot ist?
Warum denken eigentlich die Leute, dass Geigenspiel etwas Schönes ist?
Nur weil es klingt wie eine Katze oder meinetwegen sogar wie eine Frau, die singt, aber klingt es so?
Ist die Musik eine Linie oder ein Stapel?
Und Kasper hält dem Herrn seine Geige und Bogen hin: Bitte!

Der Herr legt die Reisetasche ab und hebt die Geige ans Kinn.
Mir doch Wurst,
denkt sich Kasper. Er lässt sich auf der Chaiselongue nieder und greift nach der Fernbedienung. Der Fernseher funktioniert wie immer und bringt eine schöne Sendung mit Sport. Der Herr beginnt behutsam, die Geige zu stimmen.

Mir doch Wurst,
denkt Kasper und macht ein Gesicht, das er für süffisant hält.
Soll er halt spielen auf meiner Geige!
Kasper atmet geräuschlos und besieht sich den Fernsehbildschirm. Es scheint ganz das Beste zu sein, so zu tun, als sei er eine Leiche, denn ohne Zweifel hat er es hier mit einem Verrückten zu tun. Der Herr hört auf zu spielen. Die Sendung mit Sport läuft weiter. Und weiter geschieht nichts.
Kasper fragt gähnend:
Und? Sind Sie schon fertig? Und was sagen Sie so? Etwas wert, das Ding?
Der Herr soll nicht wissen, dass Kasper etwas mit der Geige am Hut hat. Er soll eher denken, dass sich die Geige nur ganz zufällig in Kaspers Besitz befindet, und er soll nichts von Kaspers Freundin wissen, oder dass Kasper vor ein paar Tagen geweint hat, er soll gar nichts wissen und schnell verschwinden.
Dann kann mir nichts geschehen. Ohnehin, was kann mir schon geschehen?
Der Herr sagt:
Ich wollte Sie bitten, den Fernseher auszuschalten. Es stört mich zwar nicht, aber, naja. Irgendwie doch.

Die Kälte hat der Geige zugesetzt, außerdem hat sie schon lang ein Schnarren an verschiedenen Stellen, das heißt Tönen.
Kommt ja öfter vor,
entschuldigt Kasper sich leise. Es ist keine besondere Geige.
Es ist mir ja Wurst,
denkt Kasper.
Soll er halt auf meiner Geige spielen. Das stört mich überhaupt nicht, und ich habe keine Angst vor dem Tod.

Was der Herr mit der Geige anstellt, sieht nicht richtig aus und nicht richtig falsch. Er trägt zunächst die Nägel zu lang, die ganzen Finger des Herrn sind überhaupt viel zu lang, auch zu dünn, zu spitz irgendwie, also spitze Fingerkuppen, und ein Wunder, dass die Saiten sein Spiel überstehen, und von wo geht denn überhaupt die Bewegung aus und wo wird geatmet? Wird da geatmet, und heißt es nicht immer, Atmen sei das Wichtigste am Ganzen? Und:
Er bräuchte eine Stilberatung,
denkt Kasper.
Hinten hängt dem Herrn das Hemd aus der Hose, und das Hemd ist grün und ungefähr viertausendmal gewaschen. Es ist mit kleinen Elefanten bedruckt. Auf der Tweedhose des Herrn sind einige mikroskopisch kleine braune, vielleicht rote, vielleicht von Obst, Flecken. Ein sehr breiter Gürtel hält diese schöne Kleidung um einen sehr dürren Körper zusammen.
Der Herr spielt. Die Läufe gelingen ihm gut. Alles klingt ganz gut, um nicht zu sagen: schön. Beinah hat Kasper eine Gänsehaut, beinah macht sich eine feierliche Stimmung breit, wunderschön, und Kasper denkt:
Aber er hat ja Recht, diese komische Lampe macht doch tatsächlich ein ganz angenehmes Licht.
Der Herr sieht darin durch und durch violett aus, veilchenfarben, wie ein Diskostar. Kasper kann sich nicht vorstellen, dass sein Großvater ein Gespür für Licht gehabt hat.
Nach einigen ganz weichen abschließenden Tonleitern, von ganz unten bis ganz oben und wieder zurück und in Terzen und in Oktaven, fragt Kasper den Herrn, schnell und mit klopfendem Herzen, ob er ein Profi sei.
Nein, nur interessierter Laie.
Um ehrlich zu sein, eigentlich hatte ich nicht vor, die Geige zu verkaufen,
sagt Kasper.

Davon bin ich ausgegangen,
entgegnet der Herr, und nennt ihm noch einmal die Summe, und eine noch höhere Summe. Er fragt freundlich:
Und was haben Sie so gespielt? Wollen Sie nicht auch etwas spielen, für mich, eben?
Kasper antwortet nicht.
Ich liebe sehr Brahms und Beethoven,
sinnt der Herr, und sieht dabei aus dem Fenster auf die trüb beschienene Vorstadtstraße. Gegenüber löst sich ein Plakat von der Hauswand.
Im Winter habe ich öfter kalte Füße,
antwortet Kasper und sieht ebenfalls hinaus, sieht aber nur sich selbst da stehen, blass und verzerrt, in der Scheibe.
Kalte Füße!,
wiederholt ernst der Herr neben ihm.
Kasper wird das plötzlich zu bunt, denn er ist ein ziemlich komplizierter Mensch. Er geht zur Tür, deutet in die Diele und sagt laut:
Ich möchte, dass Sie jetzt gehen, bitte, lassen Sie mich in Ruhe!
Der Herr schaut verwundert, kommt Kasper einige Schritte hinterher, bleibt stehen und zeigt Kasper freundlich seine schwarzen Zähne. Er legt Kasper schwer die Hand auf die Schulter. In seiner anderen Hand schwingt leicht Kaspers Geige hin und her. Das erzeugt einen kleinen Luftzug. Die Geige wirkt zerbrechlich und arm.
Aber sehen Sie,
sagt der Herr. Kasper spürt, wie sich die Fingerspitzen des Herrn in seine Haut bohren.
Für das Geld können Sie sich doch eine mindestens gleichwertige Geige kaufen. Eine, die Ihrem Spiel gerecht wird!
Der Herr hat vergessen, dass die Schulter zu Kasper gehört, und dass er sie, wie im Schraubstock, hält.
Entschuldigen Sie,

sagt Kasper,
Ihre Hand ist ein Folterinstrument.
Beide sagen nichts.
Wollen Sie noch etwas anderes kaufen?,
fragt Kasper dann verkrampft,
ein Klavier? Oder ein Bett, zum Beispiel?
Ein Bett?
Es ist ein gutes Bett. Die Matratze ist fast neu.
Ist es das Bett Ihres toten Großvaters?
Wollen Sie es kaufen? Es ist auch anderes Gutes dabei, zum Beispiel ...
Das Klavier,
unterbricht der Herr,
ist morsch, nicht wahr?
Oh, ich glaube nicht!
Der Herr lächelt erneut, lässt aber immerhin Kaspers Schulter los.
Entschuldigen Sie, aber wer würde denn die Matratze eines Toten kaufen?
Was spricht denn dagegen,
sagt Kasper fröhlich.
Also,
antwortet der Herr. Er dreht bedächtig Kaspers Geige wie ein Spielzeug in spitzen Fingern, schüttelt sie leicht, sodass einige Staubflocken sich aus dem Korpus lösen und sanft nach unten schweben.
Finden Sie das nicht, naja, wie soll ich sagen, makaber?
Wobei die Staubflocken übrigens sanft glimmen. Eine Menge Staub.
Makaber,
fragt Kasper,
was meinen Sie damit?
Ich meine absurd! Makaber, absurd! Das Bett, in dem jemand gestorben ist!
Soweit ich weiß, haben sie meinen Großvater auf der

Chaiselongue gefunden.
Auf der Chaiselongue? Hier?
Der Herr mustert die Chaiselongue interessiert.
Es klebt kein Blut dran oder so ...
Das ist makaber!,
ruft der Herr und kichert verlegen, meint es aber eigentlich sehr ernst.
Kasper sieht ihn verständnislos an.
Makaber! Absurd! Grotesk!
Ach so,
sagt Kasper, dem die Violettheit des Herrn zunehmend auf die Nerven geht,
unmoralisch, meinen Sie!
Ja, ja, unmoralisch, genau!,
ruft der Herr pathetisch.
Das Bett eines Toten! Oder seine Chaiselongue!
Also Wurst,
beschließt Kasper, und denkt,
meinem Spiel kann sowieso kein Instrument gerecht werden, kein bezahlbares, zumindest,
denn so hat er zumindest damals den alten Professor verstanden, bei dem er, als Junge, Unterricht hatte.
Egal,
sagt er also laut,
nehmen Sie ruhig die Geige!
Der Herr nickt zufrieden, nennt ihm noch einmal die Summe, und öffnet seine Reisetasche. Nachdenklich beginnt er, auf dem staubigen Fernseher Geldpakete zu stapeln, mit einem ganz runden Buckel, auf dem sich scharf das Rückgrat abzeichnet und kleine Schatten in das Elefantenmuster des Hemdes wirft. Einmal hält er inne, richtet sich auf und verkündet:
Sie haben Recht! In anderen Kulturkreisen ist der Tod schließlich auch etwas Schönes, nicht wahr?

Und er stapelt die Scheine zu Ende, kichernd, staubumwirbelt.
Wollen Sie nachzählen?,
fragt er, und scheint sich da, in diesem Moment, beinah aufzulösen.
Es ist etwas mit meinen Augen,
denkt sich Kasper,
ich sehe ja den violetten Herrn erstaunlich unscharf, er ist doch unscharf, täusche ich mich?
Ansonsten danke ich Ihnen für das gute Geschäft!
Und der Herr ist an der Haustür, und wirft sich in einen hübschen schwarzen Mantel, von dem der Duft des Parfüms hauptsächlich auszugehen scheint.
Kaspers Augen, scheinbar, haben sich da wieder erholt.
Klar sieht er den violetten Herrn mit seinem schwarzen Geigenkasten unter dem Arm, die stumpfe Seite nach vorn gerichtet, davonziehen.

Und es scheint unweigerlich darauf hinauszulaufen, Nacht zu werden und wieder Tag.

5.

Übrigens schläft Kasper schlecht. Ansonsten nichts, bis auf die Schläge der Glasenuhr, ab und zu. Und lang und laut das Echo dieses letzten der jemals geführten Gespräche im Haus des toten Großvaters.
Sie haben Recht. In anderen Kulturkreisen ist der Tod schließlich auch etwas Schönes, nicht wahr?
In anderen Kulturkreisen ist der Tod schließlich auch etwas Schönes, nicht wahr?
Ist der Tod etwas Schönes, nicht wahr? Nicht wahr?
In anderen Kulturkreisen, der Tod, Schönes, Schönes, kreisen, kreisen, kreisen!

Und das Echo des Echos, und wieder ein Echo, und immer undeutlicher und so weiter. Man kennt das.

Kasper weiß, dass er mit den Zähnen knirscht, nachts. Schon als ganz kleiner Junge hat er das getan.
Daher,
denkt und spricht er halblaut zu sich selbst,
habe ich sicher auch etwas mit den Ohren, oder nein, es könnte der Kiefer sein, und daher schmerzen auch meine Knie beim Treppensteigen, so nämlich, als sei ich ein alter Mann geworden, aber das kommt sicher vom Zähneknirschen, alles hat ja immer einen Ursprung, von dem man kaum etwas weiß.

Kurz, es sind schlimme Zeiten. Ein blöder Winter. Draußen natürlich auch. Stürmisch, und es fällt, allen Vorhersagen zum Trotz, eine große Menge Schnee, zum großen Erstaunen aller, und keiner ist gut vorbereitet und hat eine dicke Jacke, nein, alle bleiben zu Hause.
Der Laube im Garten kracht lautlos das Dach ein. Kasper bemerkt es nicht. Und:

Was für ein verkorkstes Leben, aber das ist egal, und Kasper beginnt einfach, jeden Tag fern zu sehen, täglich den ganzen Tag. Der Fernseher funktioniert, Internet gibt es beim Großvater nicht. Im Postfach stapeln sich Nachrichten, Kasper hat das alles vergessen. Er sitzt vor dem Fernseher auf der Chaiselongue und besieht den Bildschirm, während der Fernseher läuft, oder der Fernseher läuft auch nicht und Kasper besieht den Bildschirm und sich selbst gespiegelt oder auch nicht, oder Kasper guckt auf die Geldscheine des violetten Herrn, die auf dem Fernseher liegen, und auf den ganzen Staub überall.
Er fühlt sich leichenhaft.
Nur eben, dass es irgendwie so tost und tickt in seinem Inneren, und dass ja andauernd diese Glasenuhr schlägt.

Später geht es Kasper dann auch eine Winzigkeit besser. Emotional zumindest. Oder halt physisch. Eine winzige Besserung, und schon hat er die Kraft, heftig auf das klamme Klavier seines toten Großvaters einzuhämmern, denn die Geige hat er ja verkauft. Das Klavier hält leidlich stand. Und es tickt so, wohingegen das mit dem Tosen, innerlich, jetzt allmählich nachlässt.

Dafür hustet Kasper heftig, und sein Kopf schlägt donnernd auf die Tastatur des Klaviers, und liegt dann da lang. Der Bademantel des toten Großvaters legt steile Falten um Kaspers dürre Hüften, sein Rückgrat wirft Schatten auf den Bademantelstoff, und so weiter. Kasper hustet und möchte bitte sterben. Auch das geht vorbei.

Und später, bevor es tauen und wieder frieren und dann wieder schneien und noch einmal tauen und schneien wird, nimmt sich Kasper einen seiner ihm gehörenden

Scheine von seinem ebenfalls ihm gehörenden Fernseher und macht sich auf den Weg zum Bäcker.
Der Bäcker befindet sich schräg gegenüber. Kasper muss die Straße überqueren. Er trägt Pantoffeln und Bademantel, um die Hüften schlackernd, seines verstorbenen Großvaters. Er rechnet so auf einen Wiedererkennungseffekt, und die Oberfläche des Schnees, durch den er geht, zerschneidet ihm an den Knöcheln die Haut.

In der Bäckerei angekommen, tropft Kasper schmelzenden Schnee und etwas Blut auf die beigefarbenen Fliesen, und voller Interesse nimmt der Bäcker mit ihm Kontakt auf. Kasper grüßt frostig, wie es seiner Meinung nach in die Zeit passt. Er bemerkt, dass er den Geldschein auf dem Weg über die Straße irgendwie verloren hat.
Das ist kein Wunder,
denkt Kasper. Er hält sich für verrückt. Der Bäcker hilft glücklicherweise aus, und er schenkt Kasper ein Brötchen, einige Pfandflaschen, eine angebrochene Dose Kaffeeweißer und eine Banane. Später liest der Bäcker dann auch den Schein im Schnee auf und findet, dass es damit hinkommt.

Zuhause probiert Kasper an der Banane aus, ob sein Kiefer noch funktioniert. Der Kiefer funktioniert prächtig, aber danach erbricht Kasper sich aus dem Küchenfenster.
Am nächsten Tag geht es ihm schon besser. Kasper kauft mit einem schmalen Lächeln eine Tüte Schokocroissants und isst am Nachmittag zwei Salzgurken.
Kasper tut sich Kondensmilch in den Kaffee, später Kaffeeweißer, es gibt noch eine Knoblauchwurst, Kirschmarmelade auf Brötchen, einen Kanten Schwarzwälder Schinken, alles, was vom Großvater übrig

geblieben ist. Und es gibt Kaffee, und Kasper isst Pflaumenmus, vom Großvater selbst gemacht, Backpflaumen und Karamellbonbons aus einer Dose im Bücherregal, und er schläft schlecht. Und Kasper träumt, isst Karamellbonbons, und es gibt Kaffee und Brötchen, oder Schokocroissants, und Kasper denkt sich manchmal etwas.
Das sind deutliche und klare Gedanken:
Die Wände sind halt ein bisschen feucht,
denkt Kasper.
Man braucht Essen zum Überleben.
Man braucht Mozart, nein, man braucht Essen.
Die Wände sind halt feucht, na und.
Man braucht einen Großvater, oder einen Menschen, nein, man braucht eine Freundin, oder Musik.
Ich muss essen.
Und so weiter.
Und Kasper trinkt Kaffee, schläft schlecht, isst Brötchen, und immer so weiter, das alles, immer so weiter, ohne ein absehbares Ende.

6.

Im Treppenhaus hängt so eine Fotografie.
Darauf ist Kasper noch klein und hält eine rote Watschelente am Stock steif von sich weg. Hinter dem kleinen Kasper stehen seine Großeltern, alle beide, ganz dicht und gut gekleidet.
Daneben im Treppenhaus hängt noch ein anderes Bild, es heißt:
Die Herren des Jodelvereins bei der Licht-und-Schatten-Polka.
Es ist eigenartig wertlos, denn die darauf Abgebildeten haben sich schon alles zugejodelt, was es zu sagen gab. Wahrscheinlich kennen sie sich aus dem Krieg. Einer hält ein Luftgewehr. Ein anderer eine zerbrochene Tontaube. Ein dritter ein Akkordeon. Seinen Großvater entdeckt Kasper nicht. Kasper steht vor diesem Bild in den kalten Dämmertagen recht gern herum, in einem Rollkragenpullover des Großvaters, dessen Kragen kratzt, in den Knien wippend, mit der linken Hacke schmerzhaft gegen die Stufe schlagend, stundenlang,
irgendwie im Takt.

Und die folgenden Stunden verbringt Kasper damit, zu prüfen, ob man in den Beinen der Möbelstücke nicht heimlich Münzen, Scheine oder geheime Nachrichten an ihn versteckt hat, stundenlang, tagelang, denn er erinnert sich doch noch sehr gut an einen dicken, schwarzen Geldbeutel, aus dem ihm der Großvater früher gern Scheine zugesteckt hat, für Botengänge und sonstige kleine Aufgaben, die ordentlich erledigt worden sind. Von diesen Scheinen aus diesem Geldbeutel muss doch noch etwas da sein.
Also, es muss doch noch etwas da sein,

flucht Kasper verhalten herum,
Mann ey, Alter, fuck it, ey,
es muss doch etwas da sein,
Mann ey, Alter, fuck it, ey,
oder eine Nachricht, er kann doch nicht einfach ohne alles verstorben sein.
Und auch das hallt wieder tagelang nach und der Mist geht ihm einfach nicht aus dem Kopf, so zu fluchen ist wie eine Schlittenfahrt, forthin, forthin:
Mann ey, Alter, fuck it, ey!
Irgendwie im Takt.

Das Konto des Großvaters ist leer und die Sache scheint sich bis auf weiteres nicht aufklären zu lassen. Der Notar spricht am Telefon von einem Verein, der für die Wiedereinführung der Hohenzollernmonarchie ist, mit dem der Großvater gegen Ende seines Lebens häufig Kontakt gehabt und in deren Vereinshaus er oft musikalische Vorträge gehalten hat, und die ja sogar auf der Beerdigung, natürlich hat er nicht mit ihnen gesprochen, erschienen seien. Es sei also möglich, dass die ...
aber auf diese Aussage will sich der Notar nicht festlegen lassen.

Nur das Haus bleibt, immerhin, und das ist doch schon mal ganz schön, sogar im Winter, selbst wenn man nur den Bäcker sieht und ansonsten keine Menschenseele, und selbst ohne Freundin, selbst so wie es ist, ist es, findet Kasper plötzlich auf einmal, in Ordnung.
Er lacht schrill, denn er ist musikalisch und nicht nur das: Geld beispielsweise besitzt er im Überfluss, und er wird sowieso lieber eine chinesische Starpianistin heiraten, oder besser eine Hobbysängerin, denn selbst wird er wieder, denn Musik und Sommer den ganzen

Tag im Haus, und so weiter. Und jetzt geht er ganz ohne Schmerz zu Bett!
Und trinkt Kaffee am nächsten Tag, und geht gesund aufs Klo, und spielt laut Klavier, denn die Geige hat er ja verkauft.
Meine Geige, ach die, die habe ich verkauft!,
spricht Kasper zu den wertlosen Herren auf dem LICHT-UND-SCHATTEN-POLKA-Bild.
Und auch so geht es ihm nicht schlecht und langsam besser und besser.

7.

Kaspers Freundin, die von alldem nichts weiß, weil Kasper nichts mehr, seit dem guten Plan, sich nie wieder zu sehen, von sich sehen oder hören lässt, verfasst zur Zeit, im Rahmen einer Therapie, die sie gerade begonnen hat, wegen des eigenen Blickes, mit dem man blicken soll, weil er einem bleibt, als etwas, das bleibt, wenn alles andere weg ist, da verfasst sie also einen Text über Kaspers Kindheit. Dieser Text geht so bislang:

In Kaspers Erinnerung handelt es sich bei seinen Eltern um anständige Leute. Weiß man es aber? Nein. Kasper sagt, seine Eltern seien, seiner Erinnerung nach, recht nette Leute gewesen, die sich immer Mühe gegeben und nie irgendeine Zeit vergeudet haben. Einem Gerücht zufolge sind sie beide früh gestorben. Aus Zorn oder was. Eine große Verantwortung läge demnach auf Kaspers Schultern: diese ganze Familie durch die Wahrheit ans Licht zu führen. Mit Wahrheit ist hier Musik gemeint. Denn was soll denn sonst Wahrheit sein? Es gibt schließlich keinerlei Fotos oder sonstige hinlängliche Beweise. Wichtig ist es auf jeden Fall zu wissen, dass Kasper die längste Zeit bei seinen Großeltern gewohnt hat, in der Regel unter einer schrägen Holzdecke mit Dachfenster. Kasper sagt, die Dinge hätten alle kooperiert in seiner Kindheit. Sie war eine gute Kindheit. Kaspers Schwester ist es gewesen, die ihm zu seiner Geburt oder zu einer anderen Gelegenheit eine Glasenuhr schenkte. Diese Glasenuhr stieß alle halbe Stunde laut Laute in Kaspers Kindheit hinein: Wöewöewöewöe, mal mehr, mal weniger Laute, präzise, aber verwaschen: Wöewöewöewöe. Ganz harte weiche Laute, sagt Kasper. Man wird nicht lange leugnen, dass sich bei Kasper ein Talent für Rhythmus findet. Er habe als Kind auch oft mit den Zähnen geklappert. Das sagen alle. Kasper aber sagt, dass Talent nichts anderes sei als eine Art von Geisteskrankheit. Kasper interessierte sich als Kind in erster Linie für die Anordnung von Astlöchern in den Brettern der schrägen Holzdecke, und für die Bäuche vieler Schwalben im Himmel, Sirren, und übrige Geräusche. Er sagt, er weiß es aber nicht mehr genau. Kaspers Großmutter hatte Glück, sie starb im Sommer. Bei der Gartenarbeit. Fröhlich mit dem Gesicht voran in ein frisch von Unkraut befreites Tulpenbeet. Von da an durfte Kasper Kaffee trinken. Das war schon lange sein größter Wunsch gewesen. Literweise Kaffee für Kasper, auch abends. Und es hat ihm nicht geschadet. Kasper half kräftig mit, das, was von der Großmutter übrig war, auf die Straße zu stellen. Angeblich hat sie viel auf Ahnenforschung gegeben, Kaspers Großmutter, es mögen sich also Stammbäume befunden haben in den Kisten, Fotoalben, Juwelen, na und. Finden Sie das doch selbst heraus. Die Bohnen in der Kaffeemühle mahlen, dann das Pulver aus dem Schublädchen in den Filter schütten, einfach heißes Wasser drüber, einfach. Kasper kann das noch heute, selbst mitten in der Nacht, wenn man ihn weckte, könnte Kasper, wie er angibt, zwei Dinge: Geige spielen und Kaffee kochen. Kasper schlief zunehmend schlecht. Im Morgengrauen kam häufig die Müllabfuhr. Kasper warf Blumen auf Großmutters Grab. Wird werden. Erde und Gras, Wolken drüber. So eine Zeit ist das gewesen, ja.

8.

Das ist ein guter Text,
sagt sich Kaspers Freundin,
nicht perfekt, aber talentiert, was ja viel wichtiger ist,
sagt sie sich, und geht voll Zuversicht zu ihrer zweiten Therapiestunde.
Ja, loben wird man mich dafür!

Der Blick der Frau von der Therapie fällt weitwinklig durch ihre randlose Brille hindurch auf die Lamellen des Lamellenvorhangs und den grauen Himmel dazwischen. Dabei blättert die Frau von der Therapie im Text von Kaspers Freundin herum und sagt gleichzeitig ohne hinzuschauen:
Ich wollte eigentlich, dass Sie etwas über sich selbst schreiben!
Das klingt ziemlich neutral. Und draußen fallen einige eiskalte Tropfen vom Himmel und schlechtgelaunte Menschen in großen Kapuzenpullis eilen vorüber. Kaspers Freundin fühlt sich losweinen.
Aber ich hatte doch gar nicht gewusst, wo ich hätte anfangen sollen, und wie es geht, und überhaupto!,
sagt sie.
Ich kann ja sowieso nichts. Was wollen Sie eigentlich von mir?
Die Frau von der Therapie schnalzt mit der Klemmbrettklemme, reißt sich von dem Lamellenvorhang los und schaut zu, wie Kaspers Freundin sich im Gesicht herum wischt.
Ja sehen Sie! Ja genau! Sehen Sie!,
ruft sie.
Was gibts denn nun schon wieder gleich zu weinen? Da, nehmen Sie sich schon schnell ein Kleenex, auf, auf! Sehen Sie! Könnten Sie sich vorstellen, dass vielleicht genau hierin Ihr Problem liegt?
Kaspers Freundin erfährt von der Frau von der Therapie dieses:

Sie wolle, wie so viele Leute, die Aufmerksamkeit und das Lob der Anderen. Und wie alle, wenn sie die Aufmerksamkeit und das Lob der Anderen wollen, neige Kaspers Freundin dazu, Porzellan und andere von Anderen geliebte Gegenstände auf grauenvolle Art und Weise zu zerstören. Denn dies sei der Charakter dieser Leute, und am Charakter müssten sie arbeiten, aber am Charakter könnten diese Leute alle gar nicht arbeiten, weil sie bisher noch nie daran hätten arbeiten müssen, weil es bei ihnen auch schon lang ohne dies gut gegangen sei. Und so sei zweifelhaft, ob es überhaupt möglich sei, am Charakter irgendetwas zu ändern. So sind diese Leute völlig hilflos und werfen immer wieder mit Porzellan, und auch, wenn sie das eigentlich nicht tun wollen! Immer wieder!

An dieser Botschaft reibt sich Kaspers Freundin im Folgenden lange auf. Sie versucht zuerst, Kasper zu erreichen, erreicht ihn aber natürlich nicht, denn sie haben ja abgemacht, einander nie wieder zu sehen,
ach ja,
der Charakter.
Und es bringt sie beinahe um den Verstand. Ob Kasper sich das nicht denken kann?
Das ist eine seltsame Woche. Man weiß nicht, wie sie herumgeht.

Ich halte mich für sehr stark selbstmordgefährdet,
erklärt jedenfalls Kaspers Freundin der Frau von der Therapie in der dritten Sitzung. Sie bekommt dabei aber einen gewissen näselnden Klang aus ihrer Stimme nicht weg und wirkt unglaubwürdig. Die Frau in der Therapie erklärt dem Lamellenvorhang streng, dass die Therapie keinen Sinn mache, wenn man sie nicht ernst nähme.
Also, wollen Sie die Therapie nun machen oder nicht?
Ja, natürlich!,

schreit Kaspers Freundin herum, viel zu laut.
Die Frau von der Therapie wendet das Gesicht vom Lamellenvorhang weg und schaut Kaspers Freundin lange an:
Sie klingen, als würden Sie das lustig finden!
Aber nein, scheiße nochmal!,
flucht Kaspers Freundin, senkt aber gleich brav die Stimme:
Ich meine doch diese Ausfälle, immerzu! Vielleicht ist das ein Übel körperlicher Art?
Die Frau von der Therapie äugt leer über ihre randlose Brille. Silbe für Silbe erklärt sie:
Sie müssen das hier ernst nehmen, Sie müssen es betrachten wie ein Gespräch unter Erwachsenen. Verstehen Sie das? Ein Übel körperlicher Art, es kann aber vieles sein! Hormone, Tumore, Allergien. Aber eben auch Unfälle rein psychischer Natur. Ich werde eine körperliche Untersuchung vornehmen, nächste Woche, um das für den Therapieantrag nötige Gutachten anzufertigen, ob organisch alles stimmt: mit der Atmung, dem Blick, der Koordination. Sind Sie damit einverstanden?
Einverstanden,
näselt Kaspers Freundin und weint dabei.
Ich nehme an,
sagt die Frau von der Therapie, beinahe tröstend, aber dennoch neutral, also weich und hart, beides zugleich:
es handelt sich höchstens um etwas Mittelfristiges!

Zuhause scheint die Heizung kaputt zu sein, jedenfalls wird es nicht warm. Kaspers Freundin stellt, um in Bewegung zu bleiben und nicht an der Kälte zu sterben, bevor jemand von ihrem Unglück erfahren kann, Kaspers Möbel, die er einfach zurückgelassen hat, vor die Haustüre auf die Straße. Den Fernseher will sie sogar aus dem Fenster schmeißen, mitsamt Sprecher und allem. Aber weil das Fenster geschlossen ist, hält sie, unschlüssig, den Apparat in beiden Armen, davor inne und sieht sich trübe und befangen die Flecken und den Staub auf der Scheibe an. Dann stellt sie den Fernseher wieder ordentlich zurück auf das Kästchen, auf dem er gestanden hat, denn er wird ihr zu schwer.

9.

Von dem Charakter- und Porzellanproblem ganz detailliert hat sie bald schon Gelegenheit, einem jungen Menschen namens Joseph zu erzählen, dessen Bekanntschaft sie einige Tage später macht. Er findet ihr Gesicht und ihr Inwendigstes auf Anhieb liebenswert genug, um, vor einem Kiosk und bis zu den Waden im Schneematsch stehend, ihr seine Email-Adresse zu überreichen.
Er sagt ihr, dass sie ein guter Mensch ist.
Ganz aus Gold!
Er sagt:
Ich bin ja nicht blind, es ist ganz offensichtlich.
Dabei schiebt er sich eine kleine, runde Brille auf der Nase zurecht. Es handelt sich bei dem jungen Menschen namens Joseph wohl um einen Mathematiker oder einen Erfinder, aber was haben ein Mathematiker und ein Erfinder gemeinsam? Er spricht ein wenig sonderbar.
Ein Computer,
erklärt er zum Beispiel im folgenden Gespräch, geduldig und eindringlich,
funktioniert ja wie ein Gebäude. Letztendlich muss man da früher oder später die Umzugkartons auspacken, und es hilft auch gar nichts, die leeren Kisten in der Abstellkammer zu stapeln, denn die ist ja auch irgendwann voll. Was dann geschieht, das kannst du dir selber ausmalen!
Aber ja,
murmelt Kaspers Freundin,
das ist ja ganz klaro!
Und sie erzählt ganz ohne Umschweife von der körperlichen Untersuchung bei der Therapie, welche sie so sehr mitgenommen hat, dass sie beschlossen hat, einfach nicht mehr hinzugehen, zu der Frau von der Therapie.
Ich hatte diese körperliche Untersuchung ganz vergessen,
erklärt Kaspers Freundin,

also, dass sie ansteht, und bin, ohne dran zu denken, hin, zu der Sitzung, weil ich dachte, es ist halt ganz normal Therapie, und dann hatte ich da ausgerechnet seit drei Tagen dieselbe Unterhose an und immer dieselben Socken und so weiter, also es hat wirklich, wirklich arg gestunken, als ich die Koordinationsübungen machen musste. Glaubst du, das hat sie bemerkt?
Der junge Mensch namens Joseph schaut ein wenig ratlos, denn Kaspers Freundin näselt arg.
Wie haben denn die Übungen geklappt?,
fragt er.
Sie starrt zurück, und ihr Blick hat etwas Kugelrundes, was wiederum zum Entzücken ist, so dass er sich beeilt, ihr freundlich zu versichern:
Ah, ich kann mir freilich nicht vorstellen, dass du stinkst!
Seine Stimme zittert nicht. Er ist sich seiner Sache beeindruckend sicher.
Ja, das ja,
wispert Kaspers Freundin errötend an ihm vorbei,
aber habe ich mir es dann alles eingebildet? Wie ist das mit der Wahrnehmung?
Ja, wahrscheinlich hast du es dir alles eingebildet,
sagt Joseph freundlich, denn er hat gleich klug erkannt, worum es geht,
es gibt jedenfalls keinen Grund zur Sorge. Selbst wenn, sie wird denken: Meine Patientin hat aber ein schmutziges Unterhöschen an. Weiter nichts.
Oh Gott!,
haucht Kaspers Freundin und drückt ihr Gesicht in den ebenfalls vertrauenswürdig wirkenden Ärmel von Josephs Wintermantel. Der riecht gut nach Tee, und sie würde sich einfach gern hinein sinken lassen in diesen Wintermantel und tief atmen, ruhig und gleichmäßig,

wie beim Joggen, doch das Problem muss zu Ende besprochen werden:
Das denkt sie sich also? Und was denkt sie noch? Denkt sie überhaupt? Ich habe zumindest, glaube ich, gesehen, dass sie verwahrlost aufgeschrieben hat, oder ungepflegter Allgemeinzustand, oder so. Auf das Formular für die Kasse.
Joseph muss lachen und putzt seine Brille, denn sie ist im Laufe des Gesprächs ein wenig undurchsichtig geworden, wegen des Wetters.
Ich weiß nicht, ob sie denkt. Es ist mir auch egal. Die Frage, die sich mir hier stellt, ist vielmehr: Wieso gehst du da eigentlich überhaupt hin?
Der junge Mensch namens Joseph hat zwar eine etwas gestelzte Art, aber dafür eine wunderschöne gerade und sanft abgerundete Nase.
Ach, unwichtig,
murmelt Kaspers Freundin, die plötzlich missmutig wird und ihm nun eigentlich lieber doch nichts mehr erzählen möchte,
niedriger Blutdruck oder so, oder ich weiß es nicht mehr. Oder vielleicht Eisenmangel? Ich habe hier so Flecken auf den Fingernägeln, schau! Die Frau von der Therapie wollte irgendetwas noch nachprüfen, aber jetzt kann ich ja nicht mehr hingehen, leider, aber was interessiert dich das überhaupt. Wieso duzen wir uns? Ich muss, glaube ich, jetzt nach Hause gehen.

10.

Kaspers Freundin betrachtet den Zettel mit Josephs Email-Adresse oft. Wieso eigentlich hat sie ihn im Schnee stehenlassen?

Erstaunlicherweise sind ja all diese Leute, konstatiert Kaspers Freundin, die sie schon intim kennengelernt hat in ihrem Leben, womit sie nun den jungen Menschen namens Joseph mit der Nase neben dem Vater und Kasper schon direkt mit einschließt, alles keine Freunde von Halbheiten, und alle schätzen sie, jeder für sich und aus unterschiedlichen Gründen, das Atmen hoch sowie das Federn in den Knien. Der Vater wegen dem Sport, Kasper wegen dem Ton, und Joseph, der Mathematiker oder Erfinder, wegen der Beweglichkeit des Geistes. Und ist das nicht die größte Kunst von denen allen?
Sie denkt eine Weile über den jungen Menschen Joseph mit der Nase nach und fürchtet, bei dem kurzen Treffen den guten Eindruck des ersten Augenblickes gleich wieder verwässert zu haben.

Sind Sie sich ganz sicher, dass ich meinen Charakter nicht verbessern kann?,
fragt Kaspers Freundin daher behutsam ihre Therapeutin, die sie nun doch wieder aufsucht.
Über den ungepflegten Allgemeinzustand von Kaspers Freundin werden keine Worte verloren.
Stattdessen:
Sie sind körperlich in keinem so schlechten Zustand, wie ich das erwartet hatte. Und nebenbei bemerkt, Sie sehen auch nicht so schlecht aus. Aber wie wir leider wissen: Auf Geschrei reagieren Sie nur mit Geschrei,
sagt zu Kaspers Freundin die Frau von der Therapie,

und auf Stille sogar mit körperlicher Gewalt. Das wird sich niemals ändern, nein. Sie sollten aufpassen, nicht zu vereinsamen, die Einsamkeit ist ähnlich schlimm wie eine schlimme Seuche, beispielsweise die Pest. Mit Medikamenten kann man sich zwar vor dem Abgrund retten, der nachts lauert, aber eine neue Studie brachte erst neulich diese Wahrheit ans Licht: Einsame Menschen sterben an Blutarmut, gebrochenem Genick und an Verwesung. Lesen Sie das mal nach! Es hat scheinbar etwas mit den beiden Gehirnhälften zu tun. Sie sollten sich dringend eine Gruppe suchen, der sie sich anschließen können.
Kaspers Freundin stellt sich eine Blutarmut vor und rollt ihren Kopf auf dem Genick umher. Tatsächlich fühlt sie von diesem übrigens bewundernswert flexiblen Punkt aus die Einsamkeit mit bluthungrigen Fingern aus ihrem Rückgrat empor hinterhältig ins Gehirn fassen.
Mit den Gehirnhälften hat es zu tun?,
fragt sie klamm und zerkrümelt ein Taschentuch.
Die Frau von der Therapie nickt und macht sich auf ihr Klemmbrett ein paar Notizen.
Aber noch,
antwortet sie,
sind sie ja körperlich ganz ok!
Ach,
ruft Kaspers Freundin ärgerlich,
Sie wollen mir ja Angst machen!
Warum sollte ich?,
fragt die Frau von der Therapie in ihrer randlosen Art,
in den neuesten Erkenntnissen gibt es für Leute wie Sie nun mal keine guten Prognosen, denn sie sind unleidlich!
Und ich stinke,
jammert Kaspers Freundin leise,
das ist es in Wahrheit, stimmts!
Die Frau von der Therapie schüttelt ungeduldig den

Kopf, geht darauf nicht ein und wiederholt:
Sie sind unleidlich, unbequem und eitel. Sehen Sie zu, dass Sie kein einsamer Mensch werden!

Im Internet findet Kaspers Freundin einen Bericht über Leute, die an rätselhaften Symptomen in ihren Wohnungen einsam und verwest verstorben sind.
Das alles hängt möglicherweise folgendermaßen zusammen:
Das Geschrei mit dem Porzellan, das Porzellan mit dem Charakter, der Charakter mit den beiden Gehirnhälften, das Ungleichgewicht der beiden zwei mit der Blutarmut, die Blutarmut mit dem Charakter, der Charakter mit den beiden Gehirnhälften, die beiden Gehirnhälften wiederum mit dem Genick, und dies wiederum mit dem letztendlich völlig tödlichen Ausgang des Ganzen. Die Krankheit, auf die demzufolge alles hinausläuft, nennt sich dort: GALOPPIERENDE ANÄMISCHE DEPRESSION.
Ein Kommentator, der einwendet, ob es denn nicht möglich sei, dass diese sogenannt einsamen Menschen vielleicht auch deshalb stürben, weil irgendeine rätselhafte Art von Verbrecher mordend sein Unwesen treibe, wird von den Wissenschaftlern in dem Artikel niedergeschrien:
Wir leben doch nicht mehr im Mittelalter!,
heißt es.
Kaspers Freundin versucht, in beiden Gehirnhälften punktuell gepanikt, den Vater zu erreichen, der in einem Verein turnt und vermutlich beim Training ist und nicht erreichbar, was macht, dass die Angst sie endgültig am Schlafittchen hat.

11.

Der junge Mensch Joseph mit der Nase ist der einzige Mensch, der übrig ist. Er kümmert sich um Kaspers Freundin. Er kommt sie besuchen und bringt ihr einen großen Strauß Rosen mit sowie einen Nudelsalat in einer blauen Porzellanschüssel. Kaspers Freundin bemüht sich mit Erfolg, diese nicht zu zerstören. Sie verbirgt ihren schlechten Charakter und isst hungrig schnell alles auf. Dann bietet sie Joseph eilig an, in Kaspers ehemaligem Zimmer zu wohnen. Es ist ein gutes Zimmer. Eine günstige Lage. Zentral und sehr billig.
Josephs Gegenwart, hofft Kaspers Freundin, wird ihre Unleidlichkeit mildern.
Sie erzählt ihm all das natürlich nicht, sie hält damit hinterm Berg. Der junge Mensch namens Joseph verspricht ihr trotzdem, und zwar unaufgefordert:
Aber ja, ich werde dich beschützen!

Neben einigen Kisten mit Büchern, Anziehsachen und Waschutensilien bringt der junge Mensch namens Joseph mit der Nase einen großen Schreibtisch, zwei Rechner, drei Monitore und einen obskuren Gerätekoffer mit in den Haushalt ein. Die ersten Tage sind aufregend.
Joseph braucht im Bad morgens immer sehr lang.
Kaspers Freundin klappt dann heimlich den obskuren Gerätekoffer auf und untersucht dessen Inhalt. Die darin enthaltenen Geräte scheinen größtenteils selbst konstruiert: Widerhaken, schwarz-weiße, sorgfältig aufgezogene Gruppenfotos, schillernde Gelées, Zangen und bunte Pfähle, die, denn es gibt daran großzügige Schaumstoffgriffe, sehr gut in der Hand liegen, so, als seien diese Dinge dazu gemacht, dass man sie längere Zeit lang in ein und derselben Position wacker festhält. Der junge Mensch namens Joseph muss viel Zeit und Geduld in eine solch

gut durchkonstruierte Zusammenstellung investiert haben. Und dann sind da noch: Kohle, Grillanzünder, Arten von Schürhaken. Auch die Schürhaken sehen ergonomisch und gewaltsam, allerdings weitgehend unbenutzt aus. Es lassen sich damit leicht Brustkörbe beispielsweise öffnen oder eine Maschine zertrümmern. Auch ein Haus bauen, falls nötig. All das stellt sich Kaspers Freundin vor. Sie findet es irgendwie erregend und es lenkt sie vom Kummer über Kaspers Abwesenheit, neuerdings Einsamkeit genannt, ab. Sie ist neugierig.
Die Sache, in der Joseph kämpft, ist eine geheimnisvolle, denn es nennt sich der Kampf gegen das Böse und die Blutsauger. Das ist ein Hobby des jungen Menschen namens Joseph mit der Nase.
Eine Art Rollenspiel,
denkt Kaspers Freundin, und spricht heiter und ein wenig geil:
Ich liebe dich,
in Josephs glattes Gesicht hinein.
Es stellt sich heraus, dass Joseph ein interessantes, ganz orientalisch duftendes Fell auf den Oberarmen und dem Brustkorb hat, in dem Kaspers Freundin sich gern tief vergräbt, obwohl es sie auch auf faszinierende Art und Weise abstößt. Genauso stoßen seine übertriebene Reinlichkeit, seine Teesorten, sowie seine Art, in Scheiben geschnittene Gurken und Tomaten kreisförmig um ein Butterbrot anzuordnen, sie einerseits ab, machen aber andererseits ihre Eingeweide so angenehm vibrieren.

Joseph zieht Kaspers Freundin an sich heran und presst seine Nase in ihr Haar. Er atmet geräuschvoll und genüsslich.

Jeden Tag und jede Nacht, so stellt sich nach und nach heraus, wird über zwei der drei Monitore beobachtet, ob

und wie sich das Böse irgendwo zeigt. News, Schufa-Daten und Wärmequellen werden dazu ausgemessen und zusammengeführt. Das Böse ist nicht so leicht mess- und erkennbar. Es zeigt sich letztendlich in den Fenstern in Kaspers Freundins Wohnung als eine Reihe von Buchstaben, Zahlen und Sonderzeichen unter anderen, sehr ähnlich wirkenden, Reihen von Buchstaben, Zahlen und Sonderzeichen. Nichts davon ergibt ein Wort.
Das Böse verhält sich still.
Auch keine einsamen verwesten Alten werden mehr aufgefunden in den Nachrichten. Ob das miteinander im Zusammenhang steht?
Letztendlich ist es Kaspers Freundin auch vollkommen gleich und schon entwischt, als sie das Kinn auf Josephs Schulter stützt und mit zusammengekniffenen Augen versucht, das Gewirr auf dem Monitor zu ordnen.
Eine bessere graphische Oberfläche wird noch entwickelt werden,
entschuldigt sich Joseph bei Kaspers Freundin, und noch andere Dinge erklärt er ihr, die sie nicht verstehen kann.
An dem dritten Monitor erledigt Joseph nebenbei kleine Jobs im Rahmen seines selbstständigen Unternehmens, was sein Überleben sichert, denn die Jagd auf das Böse wird von niemandem bezahlt.

Als nächstes wird Kaspers Freundin exmatrikuliert. Sie teilt dies niemandem mit und fliegt auch schnell gleich noch aus der Krankenkasse. Ein Problem, das ihr Vater nicht lösen kann. Er ruft sie an, um ihr dieses mitzuteilen:
Du bist mein einziges Kind und ich liebe dich sehr, aber lös deine Probleme in Zukunft selbst!
Das stimmt Kaspers Freundin traurig, und sie erzählt es sogleich ihrer Therapeutin.
Die Therapeutin hält das Abspalten von solchen Ereignissen für eine sehr gute Methode, um damit zurechtzukommen, und schlägt Kaspers Freundin zusätzlich

Sport, Licht und Vitamine vor. Auch könnte sie sich einigen gleichgesinnten Spaltern anschließen, die man finden würde in irgendwelchen Selbsthilfegruppen.
Oder interessieren Sie sich sowieso von vornherein überhaupt nicht für Menschen? Sie klingen so, als ob nicht!
Kaspers Freundin bewegt die Lippen, schüttelt den Kopf.
Aber es macht Ihnen gar nichts aus, den Vater verloren zu haben? Es macht Ihnen gar nichts aus, aus der Krankenkasse geflogen zu sein? Können Sie diese Therapie überhaupt bezahlen?
Kaspers Freundin antwortet mit Geschrei. Sie nennt die Frau von der Therapie:
Blöde Fotze.
Sie schmeißt wütend den Ledersessel um und rennt nach Hause.

Und da ist natürlich der junge Mensch namens Joseph, und er tröstet Kaspers Freundin mit klugen, gut gewählten Worten. Er sagt, er fände durchaus nicht, dass ihre Reaktion übertrieben sei.
Seine Gedanken zum Thema Emanzipation, Künstlertum und Weltrettung sind klug, sie sind gut. Sie sind groß. Der junge Mensch namens Joseph trägt ein geschmackvolles Hemd und duftet nach grünem-Tee-Rasierwasser. Er bietet ihr an, kleine Aufgaben in seinem selbstständigen Erfinder- oder Mathematikerunternehmen zu übernehmen. Kleine, aber feine Aufgaben. Sie machen aus, dass sie mitkommen darf, wenn es das nächste Mal auf die große Jagd auf das Böse gehen wird, und dass sie sich seiner Gruppe, wenn sie mag, anschließen dürfe, falls sie, das ist die Bedingung, bis dahin ihre Fähigkeiten mit einem eigens dafür entwickelten Programm gut genug trainiert hat.
Es soll eine Art Ausbildung sein.
In einer Abteilung des Programmes, das aber Kaspers

Freundin heimlich und für sich nur ein Spiel nennt, denn wie ein solches kommt es ihr vor, muss sie Würfelwürfe voraussagen. In einer anderen gilt es, abstrakte Muster zu zerschießen, und weiterhin baut sie aus vorgefertigten Satzteilen kleine Geschichten zusammen. Am Ende bekommt sie einen Punktestand mitgeteilt.

Joseph sagt ihr jeden Abend:
Das machst du alles sehr, sehr gut!
Und Kaspers Freundin fragt jeden Abend:
Glaubst du, es gibt einen Platz für mich auf dieser Welt?
Joseph sagt:
Aber ja! Natürlich!
Er sagt, es gäbe gute Chancen für sie auf dem Arbeitsmarkt, denn sie habe gute Anlagen.
Sie sei eine Kämpferin, sagt er.
Und aus Gold!
Kaspers Freundin schaut sein Gesicht und seine schöne Nase an. Joseph schaut zurück und in ihr Inwendigstes hinein.
In einer kleinen Falte an seinem Mundwinkel bildet sich ein ungefährlicher Pickel heran.

12.

Das Klavier währenddessen kassiert einige Fußtritte von Kasper und geht dann auch sehr schnell daran kaputt. Es ist nämlich morsch, und der Garten wild und schwarz. Kasper erwacht in den letzten heftigen Schneenächten häufig davon, dass im Nebenzimmer jemand fürchterlich auf einer verstimmten Bratsche spielt, höhnt eigentlich, jemand sicherlich ohne Ausbildung. Aber immer, wenn Kasper aufsteht, um nachzusehen, ist da keiner, nur die Spinnen schaukeln an den Decken.

Dann wird es wärmer. Es knackt in den Wänden. Kasper überlegt, wie es wäre, mit jemandem zu sprechen, und an wen er sich da am besten wenden soll.

Es wird wärmer,
sagt er, nach intensivem Luftholen, einem Federn in den Knien und einer unklaren, kreisförmigen Bewegung mit dem rechten Arm, zu dem Bäcker. Er starrt dabei intensiv dessen Pupillen an, wie einer, der es eben gerade erst gelernt hat, die Leute beim Sprechen anzusehen.
Der Bäcker weicht seinem Blick aus und sagt:
Ja, freilich!
Und er packt Kasper eine Bildzeitung zu seinen Brötchen, obwohl Kasper danach gar nicht verlangt hat.

Und einen sehr, sehr alten Mann, der gegenüber wohnt und der Kasper sicher bereits als Kind einmal in dieser Straße gesehen hat, fragt Kasper:
Und Sie? Kennen Sie mich noch?
Der alte Mann wechselt wortlos die Straßenseite. Wahrscheinlich erinnert er sich noch gut an Kaspers Verhalten auf der Beerdigung von Kaspers Großvater. Oder etwas anderes ist mit ihm.

Egal,
denkt Kasper sich,
dann sind halt alle gestorben. Mir doch egal. Alle sind tot.

Er vermeidet es, an seine Freundin zu denken.
Aber er träumt von ihr:
Auf dem Weg zu einem weit entfernten Ort, aus seiner Kindheit oder aus einem anderen Traum, liegt ein ganz leichter Schnee, und darunter sieht man Grün und etwas Laub, und seine Freundin kommt über einen Hügel gelaufen und bringt ihm eine Pizza. Sie sieht aus, als wisse sie von etwas, seine Freundin oder die Pizza, von dem aber er nichts weiß, und aber: Die Pizza rollt unvermittelt den Hügel hinab, über einen ganz leichten, feinen, jungfräulich leichten, hellen Schnee. Und alle Salamischeiben und so weiter fallen herab von der Pizza, und der Schnee hebt an, gewiss, darunter zu schmelzen, und schmilzt und schmilzt und kommt zu keinem Ende damit, und überhaupt: Alle Leute von früher sind noch genauso, im Traum, wie früher, und regen sich immer noch über genau dieselben Dinge auf, und so scheidet man voneinander, im Traum, wie man schon immer war: Gleich, quasi.

Da ist nichts enthalten, was Klarheit bringt.
Und eine verstimmte Bratsche setzt ein, im Nebenzimmer, dieses talentlose Ding. Damit pflegt es ja immer zu enden.

Kasper isst eines der Brötchen, die ihm der Bäcker, gestern war das schon, eingepackt hat.
Und in der Zeitung steht:
EINSAMKEIT BEDEUTET TOD!
Und:
MONARCHIE – FORTSCHRITT IM RÜCKSCHRITT?

Darunter ist ein Bild von einigen jungen Menschen in altertümlicher Kleidung, mit Hüten und bunten Prospekten in der Hand. Sie stehen in einem Park und sprechen über irgendetwas. Im Hintergrund stehen auf einer langen Tafel Getränke bereit.
Das alles sind keine Neuigkeiten, es ist nichts Neues, diese Dinge und die restlichen Dinge der Welt gehen Kasper nichts an, und er lässt die Hand mit dem Brötchen auf die Zeitung sinken, und die Stirn sinkt in die andere Hand,
Fuck it,
denkt Kasper,
mir doch Wurst, mit der Geige,
denkt er sich,
mit meiner Freundin das, mir doch Wurst, fuck it, Alter.

13.

Es endet natürlich damit, dass Kasper seine Freundin doch wieder anruft, da ist der Schnee draußen weiterhin am Schmelzen. Und es geht viel leichter, als er es sich ausgemalt hat. Schließlich kennt man sich.

Oh, ich habe auch schon, stell es dir vor, versucht, mich zu melden,
sagt Kaspers Freundin am Telefon. Sie klingt freundlich und sehr stark.
Ich habe es versucht, aber wir hatten ja ausgemacht, uns nicht mehr zu sehen, und bis zum Ende habe ich mich dran gehalten!
Das ist auch gut so,
antwortet Kasper.

Was Kaspers Freundin ihm gleich darauf erzählt, handelt alles von ihr selbst. Sie erzählt Kasper detailliert von ihrer Therapie, von den neuen wissenschaftlichen Erkenntnissen und dem neuen Computerprogramm, mit dem sie ihre Fähigkeiten trainiere, was ein Studium ersetze. Sie sei zwar nicht in allem gut, in manchem aber überdurchschnittlich begabt, zum Beispiel in der Voraussage von Würfelwürfen. Da habe sie eine Trefferquote von zweiundneunzig Prozent. Davon spricht sie:
Von einem ihr nahezu unbekannten jungen Menschen namens Joseph, der ihr seit Neuem auflauere und ihr die Einkaufstüten nach Hause trage, mittlerweile auch manchmal zum Essen käme, ein Erfinder oder ein Mathematiker, wer weiß das schon genau, seit einiger Zeit bewohne er sogar, genau genommen, das nun leer stehende Zimmer in der gemeinsamen Wohnung, aber nur als Mitbewohner, und ohnehin habe sie vor, die Wohnung

zu kündigen, um vielleicht ins Ausland zu gehen.
Sie hat ein etwas schlechtes Gewissen, als sie Kasper dies alles solchermaßen verzerrt und wasserfallartig zu Gehör bringt.

Das ist ja schön,
presst Kasper in den Hörer,
dass es dir gut geht. Ich glaube, wir sind jetzt so stabil und selbstständig geworden, dass wir uns treffen könnten.
Das klingt nicht, wie er es geplant hat. Die einzelnen Elemente des Satzes bilden nicht die Gesamtstruktur mit dieser überwältigenden ausgesprochenen Logik, die er sich von ihnen versprochen hat, aber:
Ja, mal treffen,
näselt Kaspers Freundin, mit einem Herz, das sich ihr auf der Zunge windet.
Und so weiter.

14.

Doch nur wenige Minuten später schon geht Kaspers Freundin Hand in Hand mit dem jungen Menschen namens Joseph in die klare Nacht hinaus, und die Hand ist feucht und Kaspers Freundin trägt eine Strumpfmaske über dem Kopf. Sie hat sie sich selbst ausgesucht. Sie ist rot.
Bist du aufgeregt?,
flüstert Joseph, ebenfalls mit Strumpfmaske, aber in schwarz.
Kaspers Freundin flüstert zurück:
Ja,
denn sie denkt an Kasper und das Telefonat. Das weiß aber Joseph nicht und legt ihr, weil sie arg zittert, den Arm um die Schultern. Joseph trägt zusätzlich zu seiner Strumpfmaske noch eine Art Kettenhemd. Falls es gefährlich wird, wird er sich vor Kaspers Freundin werfen. Das ist zwar unausgesprochen, aber ganz klaro. Kaspers Freundin krempelt die Strumpfmaske hoch und zündet sich eine Zigarette an, denn sie ist seit Neuestem starke Raucherin.
Spinnst du!,
zischt Joseph, und will sie ihr aus der Hand nehmen, aber Kaspers Freundin schüttelt Joseph ab, sie faucht:
Pfoten weg!
Joseph zieht sie in einen Hauseingang und mustert sie beunruhigt, denn irgendetwas ist vorgefallen, er weiß nur nicht, was.
Erkläre mir bitte jetzt sofort den Zusammenhang,
fordert Kaspers Freundin von ihm,
von Praxis und Theorie!
Joseph winkt ab.
Später!

Die anderen, von denen man nicht weiß, wer sie sind, denn alle tragen sie Strumpfmasken und Rollkragen, drücken sich in die Schatten bei dem Fahrradständer vor einem Wohnblock. Kaspers Freundin ist enttäuscht, denn diese Gruppe scheint nicht besonders groß zu sein. Es sind zwei. Sie sprechen über Position, anreizen, Zuschlagen, Ausschreiten, über ihn und über es. Joseph stellt sie einander nicht namentlich vor und die beiden mustern die Strumpfmaskenoberfläche von Kaspers Freundin mit sehr schüchtern aus ihren Strumpfmasken blinkenden Augen.
Ich glaube ja,
hebt Joseph umständlich an,
wie gesagt, es wäre prinzipiell nicht schädlich ...
Die zwei winken ab,
jaja, keine Zeit,
sie greifen nach ihren Gerätekoffern und beginnen, sich über den Platz zu verteilen. Einer hält Joseph am Arm und nuschelt ihm zu:
Die soll sich gut verstecken ...
Er schaut dabei auf Kaspers Freundins Bauch, über dem die Windjacke spannt.
Joseph nimmt den Werkzeugkasten in die eine, Kaspers Freundin an die andere Hand und zieht sie in ein Gebüsch. Kaspers Freundin hat keine Lust mehr. Sie fragt:
Wie lange dauert dieses Spiel?
Das ist kein Spiel!
Wann können wir nach Hause?
Das hängt davon ab, ob unsere Berechnungen stimmen, das Programm ist noch in der Testphase, wir müssen vielleicht zu anderen Methoden greifen ...
Blabla! Kann ich nach Hause?
Joseph hält Kaspers Freundin den Mund zu, denn über den Platz geht in dieser Sekunde ein windschiefer und hagerer glatzköpfiger Herr in einem langen Mantel. In

seiner Hand schwingt eine Reisetasche. Es windet kaum, man sieht ihn nur, man hört ihn nicht.
Es ist ganz still auf dem Platz.
Das Hochhaus steht duster, vereinzelt leuchten seine Fenster wie Augen. Der hagere Herr spricht etwas in die Gegensprechanlage. Wartet eine Antwort ab. Spricht noch etwas. Die Tür geht auf. Er verschwindet.

Alle sitzen in ihren Verstecken und tun nichts.
Joseph richtet sich auf und gibt Lichtzeichen über den Parkplatz. Von dem anderen Gebüsch leuchtet es zurück.
Joseph, wer ist das? Was passiert jetzt?
Er legt den Finger auf die Lippen, obwohl gar keiner da ist.
Wir warten,
flüstert er.
Kaspers Freundin zündet sich eine Zigarette an. Joseph nimmt ihr die Zigarette weg. Kaspers Freundin zündet sich noch eine an, und noch eine, und noch eine.
Später beginnt sie zu pfeifen. Joseph hält Kaspers Freundin wieder den Mund zu, was ihr missfällt. Sie ist überaus enttäuscht von der ganzen Aktion, kickt gegen den Gerätekoffer, so dass er umfällt und beißt Joseph in die Hand. Von diesem Vorgang hört scheinbar der hagere Herr, der gerade aus dem Hauseingang kommt, sodass ein automatisches Licht anspringt. Scharf starrt er kurz versteinert und durch die Blätter, ganz scharf, blickt durch die Außenwände von Kaspers Freundin hindurch und bis in sie hinein, so kommt es ihr vor. Es kann Einbildung sein, aber das Gefühl ist ein sehr besonderes, völlig neu und dauert ein bisschen. Ein sehr violettes Gefühl.
In den Armen hält der Herr etwas. Im summenden Licht des Hauseinganges ist es zu erkennen: Es ist ein großes, prachtvolles Modellsegelschiff aus Holz, sicherlich selbstgebastelt. Viel Arbeit und Mühe steckt darin.

Und so erlischt das Licht und der violette Herr schreitet rasch über den Parkplatz.
Warte hier,
sagt Joseph zu Kaspers Freundin und springt eilig aus dem Gebüsch. Auch die beiden anderen treten hervor, sie haben das geübt, die Klappen der Gerätekoffer schnappen ungeduldig auf, aber da ist der hagere Herr schon lang verschwunden, Richtung Stadtrand, Richtung Waldrand, Kaspers Freundin reibt sich die Augen. Sie sieht den Herrn wie eine Halluzination auf einem Horizont entlang huschen, dann ist es vorbei.
Sie muss lachen und zündet sich wieder eine Zigarette an.

Die drei Jäger klingeln sich unterdessen durch das Klingelbrett des Hauses.
Die meisten Leute sind sehr ärgerlich, sie sagen:
Nein, wir hatten gerade keinen Besuch, es ist, wie Sie sehen können, mitten in der Nacht, von was für einem Verbrechen sprechen Sie?
Bloß ein einsamer alter Mann aus dem ersten Stock sagt:
Er hat mir nichts getan! Ich habe ihm ein Modellschiff für viel Geld verkauft, na und? Ich habe das selbst gebaut und er hat sehr gut bez- ha, aber was geht Sie das überhaupt an! Verschwinden Sie, lassen Sie mich in Ruhe!

Ihr seid ja alle total bekloppt!,
sagt Kaspers Freundin zu den Strumpfmaskenträgern, aber man ignoriert sie.
Das Programm ist noch nicht so weit,
stellt man fest, und geht auseinander, wie man gekommen ist. Gleich, quasi.

15.

Sie sind dann erstmal wieder doch nur zu zweit, Kaspers Freundin und Joseph.
Joseph gibt zu, dass es möglich sei, dass er sich geirrt hat, was das Programm betrifft. Er spricht über das Böse nun wieder in einer allgemeineren, philosophischeren und welthaltigeren Art und Weise, was Kaspers Freundin viel besser gefällt.

Seiner Arbeit, für die er so viel Geld bekommt, dass es für sie beide und das gesunde Essen völlig genügt, geht er unauffällig und in den Zwischenstunden nach.
Er ist entspannter und gemütlicher geworden, lässt seine Rechner zu Hause häufig ruhen und unternimmt mit Kaspers Freundin weitschweifende Spaziergänge.
Es gibt eine liebe Märzsonne und klares, kühles Wetter in der Stadt, die Hinterhöfe liegen sauber da, anmutig halten sich die Blümchen an ihren Mauern fest. Dazwischen krabbeln auffallend viele Käfer umher. Sie kommen aus Kellern und Wohnungen und trinken eifrig das helle Licht.

Joseph beobachtet gern und ausdauernd Insekten. Er entwickelt sogar eine neue Theorie über das Böse und die Blutsauger, in denen Insekten eine sehr wichtige Rolle spielen. Er schreibt an einem wissenschaftlichen Aufsatz. Kaspers Freundin macht es viel Freude, mit Joseph zusammen eine Käfersammlung anzulegen, für die man sogar auf Bäume steigen muss. Sie küssen sich vor kitschigen Hintergründen. Sie bilden eine Gruppe zu zweit, es ist gut. Das ist nicht schlecht.
Joseph erweist sich als passionierter Leser von Sach- und anderen Büchern und ermuntert Kaspers Freundin, ihr großes Werk weiterzuschreiben. Kaspers Freundin erzählt Joseph nicht, dass es alles von Kaspers Leben handelt.
Sie fühlt sich nicht einsam.

Sie fühlt sich nur dann einsam, wenn Joseph gerade abwesend ist. Dann spricht sie seinen Namen in die Räume der Wohnung und wird wehmütig beim Anblick der kreisrunden Teller, auf denen er seine Tomaten und Gurkenscheiben auszulegen pflegt. Das beruhigt sie, die Wehmut, die runden Formen, ja. Ein vernünftiger, objektiver Geist und sehr flexibler Idealist, und er riecht sehr gut, anders nämlich als Kasper, der ein unvernünftiger, subjektiver Geist und unflexibler Idealist ist.
Kaspers Freundin geht mit Joseph viel Hand in Hand in den klaren, kühlen Märznächten, sie gehen Hand in Hand und sie sprechen, so kommt es ihr vor, nur sehr gesetzte und deutliche Dinge.
In den frühen Morgenstunden, welche er sehr liebt, fällt Joseph über Kaspers Freundin her, was eine Beschleunigung in die Angelegenheit bringt.
Unter der Dusche sagt er ihr Beobachtungen zu ihrer Person, die sie voll und ganz genau beschreiben, so genau, wie sie gar nicht gewusst hat, dass sie sein könnte. Joseph erkennt, da ist sie sich ganz sicher, ihr Inwendigstes und all ihre vibrierenden Organe.

Und sie möchte all die Verantwortung für sich selbst nun ihm überreichen, und alles so weiter und forthin erstmal so.

16.

Aber dann sehen sich Kasper und seine Freundin allen Vorsätzen zum Trotz doch wieder, an einem wunderschönen ganz milden ersten April, und Kaspers Freundin kann nichts dagegen tun: Sie freut sich wie närrisch auf diesen Tag. Dagegen hilft nichts, das beruhigende Gurken-und-Tomaten-Kreisrund, die Bücher, Käfer und Stadtausflüge werden über eine Tischkante geschoben und zerschellen auf irgendwelchen Fliesen, es hilft nichts, alles entgleitet. Und sie sitzt ungeduldig in der Bahn herum, ohne Fahrkarte, dafür mit einem großen Strauß blasslila Anemonen, hinter dem sie, so redet sie sich ein, ja ohnehin nicht gerade verschwindet, vielmehr völlig in ihm aufgeht und erblüht. Sie wartet darauf, dass jemand, atemlos, zu ihr spricht: Wunderschön blasslila bist du, wie eine Anemone!
Aber das geschieht selbstredend nicht.

Dass Kasper schweigsam ist, hat nichts zu bedeuten, und Kaspers Freundin ist gar nicht schweigsam, verschweigt Kasper aber einiges:
Dass sie feuchte Hände hat und dass sie Kaspers Noten kistenweise bei Ebay verkauft und das Geld, denn es ist Gutes dabei gewesen, alles für Bücher, Essen, Gleitcreme und sonstigen Mist ausgegeben hat. Und sie verschweigt ihm natürlich, dass sie an diesem selben Tag schon ungefähr siebenmal mit diesem jungen Menschen namens Joseph mit der Nase geschlafen hat, es war, rechtfertigt sie sich selbst, ja nur eine sozusagen zufällig, sozusagen versehentlich und also eine beinahe einmalige, künftig einmalige, egal, Angelegenheit, und alles andere, was sonst noch in ihrem Leben vorgefallen ist, verschweigt sie Kasper ebenfalls. Denn die Probleme sind ohnehin ganz woanders gelagert. Und außerdem, was geht Kasper

das auch an, mit seinem neuen Leben und Blick?
Wir haben neue Leben, beide,
denkt Kaspers Freundin, sagt sie nicht.

Lieber spricht sie an diesem Tag ausführlich über kleine Käfer, die sie in diesem Frühjahr zum ersten Mal, so deutet sie an, richtig wahrzunehmen scheint. Diese durchaus bemerkbaren Unterschiede von Höckern und Kerben, gespaltenen und geknickten Fühlern oder was das sind, oder eben Hörnern und Mundwerkzeug, es gibt ja grüne Käfer und solche, die tote Tiere essen, oder auch Hartgepanzerte, oh ja, und nicht zu reden von den Spinnen, den Asseln, den kleinen Spatzen.
So ist das doch alles praktisch eingerichtet,
näselt Kaspers Freundin vor sich hin, und zupft an den Anemonen, eine blasslila Spur auf dem Weg hinterlassend. Und noch anderen Unfug spricht sie:
Ich glaube ja, nein, ich weiß, die Käfer, die Spinnen, die Spatzen und ich, wir sind ja alles Verpackungen, so wie Schachteln und Kartons. Wir nehmen das heutzutage gar nicht mehr so richtig wahr. Manchmal sehe ich so klar durch die Wände hindurch, und unter meinen Füßen ist gar kein Boden, sondern Glas. Schau: Die Welt ist ein großer Karton, wie ein Gebäude, das Gebäude wie ein Computer, der Computer wie ein Mensch, ewig geht das so im Kreis herum. Das Internet ist ein Raum um die Welt herum, ja, es kommt mir so vor wie eine Verspinnung, oder eine Umspinnung, oder wie eine Weltumspinnung, was aber mit dem Glas wiederum schlecht einhergeht, es sind die Begriffe hierfür nämlich noch nicht gefunden worden, aber was sind schon Begriffe. Was ist Logik. Ich weiß ganz genau, wie man sich am eigenen Schopf aus dem Sumpf zieht, beziehungsweise, ich lerne es gerade, aber das ist schwer zu erklären, Kasper, wenn jemand da

noch nicht so weit ist. Überhaupt, die Zwischenbereiche lassen sich recht schlecht ausleuchten, ebenso wie das Inwendigste, sei nun Glas drum herum oder anderes. Aber wie man es auch nennt, es kann sicher nicht gut enden, denn es gibt das Böse in der Welt, ich weiß nicht, wie es aussieht, was es ist. Man sieht es bloß in den Gesichtern der einsamen Leute in der Bahn, und daran, wie wir selbst den Winter herumgebracht haben: Hustend nämlich, und freudlos. Man sollte diese wenigen warmen Nächte im Jahr sinnvoller nutzen, als rauchend auf Bordsteinen zu sitzen, mit Steinaugen, und so weiter.
Das sagt die Richtige!
Kaspers Freundin überhört diesen Einwand großzügig. Sie denkt:
Was ich spreche, beeindruckt ihn, und so ist das auch gedacht.

Sie tastet nach Kaspers Hand und zieht ihre schnell zurück, tut so, als würde sie etwas im Gebüsch bemerken, um einen Schritt zur Seite zu treten.
Hast du dir das alles alleine ausgedacht?,
fragt Kasper, und sie fragt gleichzeitig, aber ein bisschen lauter als er und ins Gebüsch hinein:
Aber übrigens, was ist dein Plan? Willst du dich endlich an der Musikhochschule bewerben, dieses Jahr? Das müsste doch gut gehen, es wäre doch schade, sich wegzuschmeißen!

Kasper antwortet nichts. Er beobachtet seine Freundin aber genau, und es fällt ihm auf, dass sie die ganze Zeit vorgibt, ganz gelassen und gar nicht schüchtern zu sein, dabei aber einen verräterischen, nervösen, einen sehr roten Fleck am Hals trägt, dessen Bedeutung ihm nicht aufgeht, den er aber immer wieder ansehen muss.
Beim Beobachten wiederum gibt er vor, gar nicht sie

speziell zu betrachten, sondern lediglich mit dem Blick die Linien der Gräber und des allgemeinen Bildhintergrundes nachzufahren und so zwangsläufig, früher oder später, in ihrem Gesicht zu landen, sich kurz an ihrem Hals festzusaugen, um dann wieder ganz woanders hinzublicken oder sich in den Anblick des Straußes angewelkter blasslila Anemonen zu versenken, von dem einige zerknüllte Blätter im Gesicht und am Hals seiner Freundin kleben, und gegen die sie sich trotz ihrer Diät feist und ziemlich gesund abhebt.
Sie klemmt sich den Strauß unter den Arm und zündet sich eine Zigarette an, raucht freudig, ihre Augen sind honighell, wenn die Sonne hinein scheint, in der Beuge ihres Nackens sammeln sich einige Haare, sie schweißelt ein wenig, denn während der Fahrt klebten ja die Hitze und der Polyesterrock ihre Schenkel an die Kunststoffschalen der Straßenbahnsitze, man sieht es als graue Schlieren auf dem hellen Stoff.

Kasper zeigt seiner Freundin sein Grab, das heißt, das Grab seines Großvaters. Das ist das Programm, das am Telefon abgemacht worden ist für diesen Tag. Kasper ist dort, denn warum auch, den ganzen Winter nicht gewesen, das Grab sieht ziemlich mitgenommen aus.
Dieses Grab hat ja nichts mit mir zu tun,
erklärt er seiner Freundin,
und nichts mit meinen Gefühlen und so.
Kaspers Freundin legt ihren bleichen Strauß dort trotzdem ab.
Es tut mir leid,
sagt sie ernst und ganz anders als sonst, beinahe völlig ohne zu näseln. Der Gedanke an den toten, einsamen Großvater hetzt eine Angst durch ihr Rückgrat.
Die Angst,

denkt sie sich,
muss mit diesen Worten und mit den Anemonen auf dieses Grab ausgelagert, aus meinem Kopf unbedingt ausgelagert werden. Sie fühlt sich schlecht dabei, Kaspers Großvater dies aufzubürden, aber die Toten sind ja tot.
Darum geht es doch nicht,
murmelt Kasper, und tippt unkontrolliert mit seinem Zeigefinger gegen ihre Wange, um sich gleich darauf mit dem ganzen Körper, starr, atemlos und winterknochig, an sie zu pressen.
Sie küssen sich ernst. Der Wind fährt in die Bäume, die Toten freuen sich. So schön ist dieser erste April.
Über das Vorgefallene wird künftig nicht mehr gesprochen.
Ist etwas vorgefallen?
War was? Was war?

Im Haus von Kaspers Großvater schlafen sie zaghaft miteinander. Der Sex ist nicht berauschend, nicht faszinierend, aber durchaus von innerer Logik und Dringlichkeit ganz durchdrungen, und also ist es eine großartige Versöhnung. Kaspers Freundin ist klebrig, kugelig und weich, sie gibt in einem fort frohgemut Töne von sich aus dem weit, denn es ist ja dieser wunderbare erste April, geöffneten Fenster, so dass die am Haus vorbeikommende Dorfbewohner denken:
Aha, der Bewohner dieses Hauses schläft mit seiner Freundin!
Kasper selbst ist dürr und stumm, so ist er, wie der Tod, so ist er geworden, in diesem Winter, seit der violette Herr zu Besuch gewesen ist. Aber das macht nichts, es macht nichts.

17.

Und gute, klare, sehr gute und klare Entschlüsse fallen in den nächsten Stunden, und der ganze lange Winter kommt allen Beteiligten, was sind Kasper und Kaspers Freundin, wie ein einziges, großes Missverständnis vor, ein verschwommener Traum, ein Witz, eigentlich.

Der Himmel des klaren nächsten Tages ist trocken und logischerweise blau.
Als Kasper aufwacht, sitzt Kaspers Freundin schon und krümelt ein Schokocroissant in das Laken. Sie besieht die abgehängte Decke, die schweren Eichenkommoden und die Seestücke von Kaspers Großvater an den Wänden, und Kasper besieht seine Freundin.
Sie führt aus, wie die Lofts von Leuten aussehen, die in New York leben, die sie in einem Buch gesehen hat. Seite für Seite zählt sie die Lofts der fremden Leute in New York auf, und sie spricht fachmännisch davon, wie die Wände herauszureißen und stattdessen helle, gleißend helle, feucht helle, hellhelle Lichtsäulen hineinzustellen sind, in das Haus von Kaspers Großvater, damit das Dunkle, damit die Einsamkeit ja bloß draußen bleibe. Mit teuflisch hellen Architekturkniffs soll das möglich sein, es gilt, das Haus partiell von oben bis unten zu spalten, ohne dass es dabei kaputtgeht, natürlich, und außerdem braucht man eine Alarmanlage und ein Netz, das einen stets auffange, Medikamente und ...
Kasper hält ihr etwas grob den Mund zu. Das ist liebevoll gemeint, Kasper hat ungewaschenes Haar und riecht nach Erde und Kaffee, und:
Wir trinken jetzt Kaffee,
sagt er.

Im hellen Licht, ungeduldig, Kaffee in den Adern, schreiten sie um das Haus herum und schmieden Pläne.
Es ist kein schlechtes Haus,
sagt Kasper und zerrt aus der eingestürzten Gartenlaube ein Brett mit einem langen Draht daran heraus, an dessen rostigem Ende er sich ein bisschen verletzt.
Man kann sicher etwas daraus machen,
antwortet Kaspers Freundin und betrachtet das Blut, das aus Kaspers Wunde in kleinen Blumen auf ein Stück Wellblech tropft.
Aber es ist doch schon ein wenig weit weg von allem, und wirklich im Grünen ist es dafür auch nicht. Naja, es ist kein schlechtes Haus. Ach, ich verstehe nicht wirklich etwas von Häusern, Holz und Architektur und so,
behauptet sie plötzlich und plumpst maulfaul auf die Stufe der Eingangstür,
ich fände es besser, in ein sehr helles Loft zu ziehen, das ganz hell ist und neu und alt zugleich, in einen zentraleren Stadtteil. Oder aber wir bleiben hier, oder ich weiß es nicht.
Sie sieht die Straße hinunter.

Der Bäcker putzt die Scheiben der Bäckerei. Die Vorstadt flackert heringsgrau und wird von stillen Leuten in dunklen Hinterhofwohnungen bewohnt. Die wissen sicher von allem, was vorgeht, lassen sich aber nie draußen sehen, außer auf dem Friedhof, zu besonderen Anlässen. Und hinter der Kneipe Zur Haltestelle beginnt ein Feld, und irgendwann ein Waldrand. Angeblich. Man sieht den nicht.
Na gut,
sagt Kaspers Freundin,
dann zieh ich halt hier ein. Dann wohnen wir halt hier.

18.

Tage später fährt Kaspers Freundin zurück in die Stadt. Sie macht sich auf den Weg zu ihrer und Kaspers ehemaliger Wohnung, die ja immer noch, das ist das Problem, auch von dem jungen Menschen namens Joseph mit der Nase bewohnt wird.
Wie ist es dazu eigentlich gekommen? Was hat sich getan in der Zwischenzeit?
Kaspers Freundin ist sehr gespannt, wie es weitergeht.
Sie trägt eine Strickjacke von Kaspers totem Großvater und auch eine von dessen Hosen, die am Bauch, eine Menge Schokocroissants gab es in den letzten Tagen, extrem spannt. Die Bahn steht lange in der Peripherie herum, die Sonne knallt durch die Scheibe.

Der junge Mensch namens Joseph sitzt ernst am Küchentisch und hat ein Tellerrund mit Gurken und Tomatenscheiben ausgelegt.
Greif zu,
sagt Joseph zu Kaspers Freundin, als sie die Strickjacke abgelegt hat und sitzt. Er beobachtet sie genau durch seine runde Brille. Höflich und beklommen langt Kaspers Freundin zu. Joseph erzählt, dass er viel nachgedacht hat, über die neuesten Theorien in Sachen Weltumspinnung und über den neuen, klaren Blick, der auch scharf sein soll, über einen Fortschritt im Alarmsystem, über die Verständigung mit den anderen, dass der hagere Herr am Hochhaus am berechneten Datum nicht mehr erschienen, ihnen also durch den Lappen gegangen sei, dass aber der alte einsame Herr wiederum mit dem verkauften Schiff durchaus noch lebe, ja, ein Irrtum, aber er sei sozusagen wieder nah dran, inzwischen, und die Gruppe hat insgesamt doch sehr, sehr viel über das System erfahren, welches ...

aber ich spreche ja die ganze Zeit nur über mich,
sagt er dann,
was ist denn mit dir, wo bist denn du so gewesen, in letzter Zeit? Komm, erzähl ein bisschen ...
Er riecht intensiv nach Tee und Reinigungsmittel, wartet ihre Antwort gar nicht ab, sondern fährt gleich fort:
Schade ist es gewesen, weil ich hab für uns, das heißt, für mich, aber auch für dich, eine gute Lasagne aus nur guten Zutaten gemacht gehabt, am ersten Tag, als du fort gewesen bist, schade, weil das hast du nun auf alle Fälle verpasst.
Er wartet gespannt auf einen Effekt bei ihr.
Kaspers Freundin hebt die Schultern:
Weine nicht,
fällt ihr ein,
über verschüttete Milch!
Joseph studiert unschlüssig ihr Gesicht. Sie grinst. Hierdurch ermuntert sagt er:
Ich hab für dich hier ein interessantes Buch besorgt, über Käfer. Du wolltest dir doch ein eigenes Käferbrett machen? Es ist sehr interessant, das Buch, ein guter Einstieg.
Ich ziehe aber hier aus,
antwortet Kaspers Freundin.
Das versteht Joseph nicht:
Was meinst denn du damit?
Es stehen einige steile Falten in seinem Gesicht. Er schaut jetzt sehr gründlich über die Hose von Kaspers Großvater, die Kaspers Freundin trägt, über den Bauch von Kaspers Freundin, über ihre Hände, Arme und Haare, die an ihren Schläfen kleben. Sie fühlt sich nackt und irgendwie, wie sie es gar nicht kennt.
Du sprichst für mich vollkommen ungereimt,
formuliert Joseph ungelenk und lächelt ratlos,
schämst du dich für irgendetwas? Du weißt, dass du mir alles erzählen kannst ...

Er denkt, dass ich eine Anemone bin!,
denkt Kaspers Freundin, aus irgendwelchen Gründen errötend. Sie lächelt zurück:
Besser, wir sprechen nicht weiter drüber. Ich habe mich geirrt, und die Weltumspinnung, das Computerprogramm mit dem Bösen, meine Aufgabe als Frau in eurer Gruppe und so weiter interessieren mich nicht mehr so arg. Möchtest du denn hier wohnen bleiben oder soll ich die Wohnung kündigen?
Sie blättert, wie sie es von der Frau von der Therapie gelernt hat, während sie spricht, achtlos in dem Buch über Käfer. Joseph nimmt ihr das Buch weg.
Er sperrt auch gleich sofort seinen Gerätekasten mit in den Kleiderschrank ein, denn er vertraut Kaspers Freundin jetzt nicht mehr und will nicht, dass sie in seiner Abwesenheit an den Blinkködern, dem Kunstblut und den kunstvollen, aus vielen verschiedenen Materialien zusammengesetzten selbst entworfenen Gerätschaften herumfingert. Er zieht zornig die Stecker der Rechner, so dass sie beide zugleich mit einem Seufzer erlöschen. Überhaupt, sie soll das mitbekommen, dass er sehr, sehr enttäuscht ist von ihr.
Er verlässt die Wohnung und läuft um den Häuserblock. Auf dem Parkplatz des Supermarktes nimmt er seine runde Brille ab und weint, aber nur kurz.
Es ist nicht mehr zu sehen, als er zurückkommt.

Kaspers Freundin ist schon dabei, wertvolle Erinnerungsgegenstände und andere, weniger wertvolle Gegenstände in Kartons zu packen. Vieles, wofür es keine Verwendung mehr gibt, landet auf der Straße, zerschellt oder liegt unversehrt so dort herum.
Brauchst du den Fernseher? Ich wollte ihn schon immer mal auf die Straße hinunterwerfen.

Joseph beginnt, ihr zu helfen. Er nimmt ihr den Fernseher aus den Armen und schleudert ihn eigenhändig hinab. Das nervt sie enorm. Sie würde Joseph gerne dafür anrüffeln, gibt sich aber Mühe, freundlich zu ihm zu sein.
Ich habe dir einen Wagen gemietet!
Das hättest du aber nicht tun müssen!
Aber wie würdest du hier sonst fortkommen?
Danke.
Das hat alles mit deinem Exfreund zu tun, stimmts? Wieso erzählst denn du mir nichts?
Hm!
Ist das jetzt wirklich ganz aus, zwischen mir und dir?
Kaspers Freundin hebt die Schultern, schüttelt eifrig den Kopf dabei und sagt:
Ich denke!
Joseph nimmt ihr die Kisten entgegen und hebt sie in ein kleines Mietauto.
Das Arbeitsverhältnis müssen wir dann freilich auch beenden, und das Computerprogramm muss ich dir entziehen. Gottseidank waren wir noch nicht weit in der Ausbildung, so dass du nicht dazu kommen wirst, wertvolles Wissen weiter ...
Interessiert mich nicht! Interessiert mich eh nicht so sehr!
Kaspers Freundin läuft die Stufen zur Wohnung hinauf und wirft ihren Laptop zur Demonstration aus dem Fenster. Sie versucht, Joseph zu treffen, der sich gerade ihre schwere Kommode auf die Schultern stemmt, denn sie ahnt schon, dass er ihr, solange er weiter lebendig ist, künftig immer irgendsoein komisches Gefühl bereiten wird.

Ich habe mich noch nie in jemanden so geirrt wie in dir!, platzt ihr Joseph, als sie wieder herunterkommt, entgegen, beinah hätte ich dir alles verraten, ich hätte mich dir beinah ganz anvertraut. Ich hätte halt gern mit dir nochmal über alles geredet. Aber du musst ja jetzt fort, jaja.

Ich kann das freilich nicht gutheißen. Ich hoffe halt nur, du hast dir das alles gut überlegt und kannst dafür auch einstehen, dir selbst gegenüber, im Spiegel zum Beispiel! Ich bin ja eh egal, letztendlich, in der ganzen Geschichte, weil ich ja weiß, was ich für eine Bedeutung hab. Ich meine, ist ja eh für dich egal.
Schweiß steht ihm auf der hohen Stirn, seine hübsche Nase bebt, die kleine runde Brille ist beschlagen. Schlimm sieht er aus. Schlimm steht es vermutlich um ihn.
Hast du meinen Spiegel geklaut,
fragt Kaspers Freundin ihn,
ich kann ihn nirgends finden, es ist aber meiner!
Irgendwas muss ja passiert sein,
macht der junge Mensch namens Joseph mit der Nase einen eindringlichen, letzten Versuch,
und aus irgendeinem anderen Grund lässt du mich außen vor, es wär aber, glaub ich, für uns beide schon sehr wichtig, es zu wissen.
Ach Käse, es ist doch alles wie immer. Komm, lass das, ich kann meine Kisten selbst ins Auto tun.
Joseph erinnert sie an die Tatsache, dass man einen eigenen, klaren Blick hat und selbst seine Entscheidungen treffen kann, sogar muss, und so weiter. Er wünscht ihr alles Gute, hofft laut, dass man sich vielleicht doch bei Gelegenheit das ein oder andere Mal wieder sehen, und fragte sich still, ob man sich je wieder nah sein würde.
Wieso hast du gesagt, dass du mich liebst?,
fragt er.
Bist du eigentlich achtundzwanzig,
fragt Kaspers Freundin patzig zurück,
oder achtzig, oder wie alt überhaupt, und warum sprichst du eigentlich so komisch? Wo kommst du denn her?
Und woher nimmt er sich das Recht?,
denkt sie. Sagt sie nicht.

19.

Und es verspricht zunächst, ein klares, sehr gutes Jahr zu werden, das folgende, versprichts, klar, jedem einzelnen von ihnen, Kasper und Kaspers Freundin.
Der folgende Sommer nämlich geht an Kasper und seiner Freundin sanft vorüber. Er geht so vorüber: Freundlich, klar, liebevoll und forthin.

Kaspers Freundin gefällt besonders, weil sie absperrbar ist, eine kleine, fensterlose Kammer im Haus von Kaspers Großvater. Hierin will sie arbeiten, falls sie künftig was arbeiten will, und ihren dunkelsten Fantasien freien Lauf lassen, erklärt sie Kasper.
Mach nur,
sagt der.
Dass sie seine Noten verkauft hat, verzeiht er ihr großmütig. Es scheint ihm genaugenommen sogar gleichgültig zu sein.

Auch das Gerede von den Lofts ist verstummt. Kaspers Freundin möchte nicht daran erinnert werden und Kasper ist gottseidank ohnehin ein schweigsamer Mensch.
Ich wollte sie ohnehin loswerden,
resümiert er dennoch die Episode mit der verkauften Geige, die Geige, die verdammte Vergangenheit und den ganzen Mist.
Und:
Ich werde ohnehin nie krank,
resümiert Kaspers Freundin den Rauswurf aus der Krankenkasse und die damit verbundene Trennung vom Vater.
Sie ist über das Geld froh und hilft Kasper, so gut sie kann, über den klaffenden Geigenverlust hinwegzukommen: Sie sind lieb zu einander und erholen sich.

Kaspers Freundin hat zunächst, allerdings doch eher in der Küche als in der kleinen fensterlosen Kammer, bei geöffnetem Fenster, Zigaretten rauchend, eine produktive Phase und schreibt einige Seiten im großen Werk über Kaspers Leben. Sie sitzt in Unterwäsche, fühlt sich rauchend und gesund, und schreibt:

Es ist wichtig, etwas über Kaspers Großvater zu erfahren. Zuerst war es ruhig gewesen in dessen Leben. Dann aber hat der Krieg den Frieden gestört. Kaspers Großvater musste in den letzten Kriegstagen hinaus. Später gewöhnte er sich das Sprechen ab, sagte aber niemanden etwas davon. Stumm lernte er Kaspers Großmutter kennen, stumm gab es lange Spaziergänge von gewaltsamer Stille über gewaltige Trümmerfelder. Vierunddreißig Schritte geht man auf Kaspers Großvaters Grundstück längs, siebenundzwanzig quer, bis man an die Hecken jeweils stößt. Eine kleine Laube steht in der hinteren, linken Ecke, auf die man vom Küchenfenster aus blickt. Im Garten Beete mit Blumen und Kräutern, in guten Jahren Tomaten, Erdbeeren und anderes. Das Haus von Kaspers Großvater ist folgendermaßen konstruiert: Es ist aufgebaut wie ein Haus in einem Traum, den man wieder und wieder träumt: Die Eingangstür mündet in eine finstere Diele mit schönem Holzfußboden, an dessen Muster Kasper sich sein Leben lang mit Blicken festhielt, um nicht zu stürzen. Von der Diele rechts führen einige Treppenstufen, insgesamt ein Halbrund beschreibend, in das obere Stockwerk. Auf dem Weg dort hinauf hängen zwei Bilder an der Wand: Wir kennen die schon. Wenn Sie in die Diele von dem rechteckigen Grundstück hineinkommen, geht es geradeaus in die Küche, linkerhand in ein Wohnzimmer. In diesem Wohnzimmer finden sich rechts gleich neben der Tür eine Chaiselongue vor einer blanken Tapete. Ein Fernseher ist auch vorhanden. Das ist grob das Wohnzimmer. Wenn

Sie es gesehen haben, wenden Sie sich wieder dem Flur zu. Da geht es noch in die Küche, über die ist nicht viel zu berichten, nur dass darin eine Glasenuhr von Wichtigkeit steht, sowie ein kleiner Tisch mit Stühlen, an dem man zu frühstücken pflegt, ein Fenster, Spüle, Boiler. Neben der Küchentür geht es im Flur eine Treppe hinauf. Im oberen Stock befinden sich drei Räume, einer unter einer Schräge mit Dachfenster, welchen früher Kaspers Vater und später Kasper selbst bewohnte, sowie ein großes Schlafzimmer der Erwachsenen, und außerdem eine interessante, absperrbare kleine Kammer, ganz ohne Fenster. Alle diese Räume dekorierten Kaspers Großvater und seine Großmutter, was eine liebe, rücksichtsvolle Frau gewesen ist, fleißig mit Seestücken. Es befindet sich auch ein Bücherregal in einem der Zimmer, sowie einige Schallplatten, der Plattenspieler allerdings verstarb in den Siebzigern. Mäßigkeit, Zurückhaltung, Ehrgeiz, Fleiß und Disziplin und so weiter waren dem Großvater vertraute Personen.

Das Geld, das Kasper mit dem Verkauf seiner Geige eingenommen hat, lagert nun unter einem Kissen auf der Chaiselongue. Wenn sie da sitzen, knistert es, und Kasper und seine Freundin greifen, wenn sie etwas brauchen, darunter und bedienen sich nach Belieben.
Viele Dinge werden benötigt:
Kopfhörer beispielsweise, die gegen das Problem mit dem Tosen und Ticken in Kaspers Ohren helfen, das dort von Zeit zu Zeit ansteht, auch einige gute goldene Kerzenständer bringt Kaspers Freundin aus der Stadt mit, auch Hirschsalami, Räucherkäse, Wein, Risottomischungen mit wertvollen Pilzen aus einem Feinkostladen, Zigaretten mit Mentholgeschmack sowie ein hübsches, aber nicht zu großes, wie sie findet, Gemälde in einem verschnörkelten Rahmen, worauf ein junger Wanderer zu

sehen ist, der an einem heißen Sommerabend vor einer Höhle steht und in die Höhle hineinsieht, wobei ihm plötzlich bewusst wird, dass dies die Höhle ist, aus der er kommt, in der er geboren worden ist, und dass er nämlich nicht in dem Haus, in dem er lebt, zur Welt gekommen ist, wie ihm seine Eltern, die in Wirklichkeit auch gar nicht seine Eltern sind, ständig zu versichern versuchen.
So ein Quatsch,
sagt Kasper,
bring es zurück. Wir sollten mein Geld zusammenhalten, findest du nicht?
Es ist aber ein gutes Bild,
sagt Kaspers Freundin starrsinnig,
siehst du dahinten die Sonne, wie eine kleine Bohne?

Ja, das ist ein guter Sommer. Gut, wie gesagt, voll hübscher Dinge und sanft geht er an ihnen vorüber. Rosen im Garten, Käfer und Vögel, die im Frühling wiedergekommen sind, um nach dem Sommer wieder zu gehen, stets steigend und fallend, fallend und steigend. Klein, clever, voller Liebe und ohne Gedächtnis.

20.

Kasper streicht aus Ermangelung seiner Geige alle Wände in den Räumen im oberen Stock, was sind: Schlafzimmer, kleine, fensterlose Kammer und Arbeitszimmer. Er streicht immer wieder drüber, mit weißer Farbe, mit Hilfe der bekannten, vage kreisförmigen Bewegung der Rechten.
Es ist Spätsommer, man riecht das überall, und ab und zu versetzt das die Leute in Panik.
Es ist ein blendendes, scharfes Weiß, das ihm vorschwebt, aber es wird wenig weiß nur, und nicht besonders blendend. Er ist Musiker, Kasper, und kein Maler. Er ist auch kein Held im Dinge zusammenhalten. Er vermeidet den Blick aus der Dachschräge, den Blick auf die Bäuche der Schwalben, das Sirren. Ja, er atmet bloß leise vor sich hin und federt in den Knien.
Wöewöewöewöewöe.
Sein Vibrato wäre wellenförmig, nein, schleifchenhaft, nein, Sinuskurven, oder violett. Wellen. Wöewöewöewöe.
Zu schade, dass man das jetzt nicht nachprüfen kann.
Ich streiche hier,
denkt Kasper,
die Wände. Weiß. Und das ist schon mal ganz gut.

Kaspers Freundin liegt auf der Chaiselongue und kann gut das Gegeige hören, das oben aufgelegt wird, auf dem in glücklicheren Tagen angeschafften, denn sie sind keine Helden im Dinge zusammenhalten, beide, Ghettoblaster. Und laut hört sie auch Kaspers Kommentare dazu. Verschiedene Violinkonzerte und Kaspers Kommentare dazu, den ganzen Tag über, hört sie sich, auf der Chaiselongue liegend, an.
Sie überlegt kurz, ob dies eine Trennung wert ist, aber es erscheint ihr schon allein wegen des gemeinsamen Hausstandes nun völlig undurchführbar.

Am Abend sitzen beide ermattet vor dem Fernseher herum und sehen, denn es hat dies durchaus auch ein wenig mit dem Geigen gemein, ein Tennismatch.
Kasper erzählt von seinem Tag: Vom Wändeweißen und wie dieser und jener Interpret ein Musiktrampel sei und sein Instrument malträtiere.
Dann spricht er lange über sein eigenes Geigenspiel, welches er ja, weil er seine Geige verkauft hat, nicht wirklich vorführen kann, also beschreiben muss. Besonders hervorzuheben sind für ihn da die Fähigkeiten der rechten Hand, die ja immer schon so gut gewesen sei. Da sei nämlich alles völlig da, genaugenommen das hier, das, und das da!
Kasper demonstriert es mit einem Messer.
Diese vielen Stricharten, besonders am Frosch und am Schwerpunkt, aber auch an der Mitte und der Spitze, auf die er sich verstehe, und von denen sich manche gar keine klanglichen Vorstellungen zu machen überhaupt in der Lage seien, und als hätte er das Streichen beim Teufel persönlich gelernt, fegt er das Kissen und die ganzen Geldscheine von der Chaiselongue mit seinem Aufstrich, und das sieht, das muss man zugeben, durchaus solide und virtuos aus, wie er das tut.

21.

Kasper träumt in Musik. Gar nicht in Methoden, nicht in Worten, nicht mit Handlungen oder Aufgaben, in Musik. Man kann sich das schlecht vorstellen, als Kaspers Freundin zum Beispiel. Ihr Weg zur Musik führt über Material und dessen Begriffe, Holz, Metall, Quietschen, und so weiter. Aber darum geht es auch gar nicht.

Kaspers Freundin träumt porzellanig, zur Zeit, hartnäckig gelbstichig, mit lautlosem Gekicher. Aufwachend fürchtet sie sich, plötzlich gelähmt, vor einer Horde Strumpfmaskierter, die sie um Verzeihung bitten muss, denn sie hat irgendetwas grundlegend falsch gemacht, und jemand wird vielleicht sterben müssen, oder ist es, dass ...
sie kommt nicht drauf.

Am Morgen wird im oberen Stockwerk wieder gestrichen. Kaspers Freundin grübelt auf der Chaiselongue. Ob ich altere? Meine Wangen sind weicher geworden. Sie hängen mehr als gestern noch, aber es sind doch immer irgendwelche Leute da gewesen. Wie heißen die noch mal, woher kamen die, und wo sind sie nun? Ich sollte meinen Vater dringend besuchen. Aber wir würden uns streiten. Wir sind alle so ungesund und streitsüchtig in meiner Familie. Gesund hingegen ist der junge Mensch namens Joseph, und hat der hingegen nicht mich, mein Gesicht zwischen seinen Händen, talentiert, oh ja, er hat mich talentiert genannt!
Der junge Mensch namens Joseph!
Da ist er ihr leider eingefallen. So schnell geht das. Siedendheiß. Zack! Und Kaspers Freundin fühlt sich ganz unfähig, den Tag zu einem vernünftigen Ende zu bringen, denn elend ist das. Sie wird übellaunig und destruktiv.

Glücklicherweise gedenkt sie aber des jungen Menschen namens Joseph nur sehr selten. Es scheint ihr also die meiste Zeit über ganz unmöglich, dass er überhaupt existiert. Fleischlich und blutlich. Chronologisch, alternd, ja, wie soll man überhaupt sagen. Eben überhaupt. Überhaupto.
Ob sie eine arg tiefe Wunde in sein Leben gerissen hat? Viel kann nicht geschehen sein. Sicher sucht er, Architekt oder Mathematiker, oder Planer, ja, er sucht, immer noch, wonach sucht er noch mal genau?

Von oben: Brahms. Oder Beethoven, oder Schubert, oder, ach, halt irgendein anderer.
Der Gedanke, den sie gerade angefangen hat, ein Gedanke mit Potential, ist jetzt seltsam abgerissen und stakt schmerzhaft in den Nachmittag. Sie stopft Brote mit Entenleberpastete in sich hinein, bis ihr Bauch rund und aufgebläht ist, so dass sie nur noch flach und undeutlich atmen kann.

Aber wer schreit denn da im Haus?
Ach ja, eine Geige von einer CD. Die schreit. Die ganze Zeit schon.
Ja,
ich habe so einen wunderlichen Charakter,
Charakter,
geht es im Kopf von Kaspers Freundin herum,
Charakter, ob da nicht was zu machen ist? Ach ja, und Porzellan und andere von Anderen geliebte Gegenstände, das war es doch, auf das alles immer hinausläuft?
Porzellan, Porzellan, Porzellan.
Wie heiser, sie sind so heiser, die Schreie der Schwalben.
Ach nein, es sind Mauersegler.
Ich habe so einen wunderlichen Charakter, mein Charakter ist mir völlig unbegreiflich.
Porzellan!

22.

Das haben wir ja alles, aber auch alles sehr richtig gemacht, sagen Kasper und seine Freundin zueinander.
Es ist Herbst und es ist nicht nötig, in die Tiefe zu gehen, denn man blickt sich ganz einig auf Augenhöhe an, während man das alles, aber auch alles bespricht.

Sie sind am Mittag spazieren gewesen auf dem Brachland vor der Vorstadt. Die schwarzen Gedanken, wirklich ekelhaft schwarze Vögel hinter der Stirn, haben sich im gelben Himmel zerstreut.
Nun können,
so kommt es ihnen beiden vor,
wieder vernünftige Gedanken gedacht werden.
Kaffee gibt es und Kekse und Haydn oder Mozart oder Beethoven oder irgendein anderer aus dem Radio, eine Archivaufnahme für diesen Archivherbstnachmittag. Vor dem Fenster wird Laub in die Höhe gewirbelt und es riecht wie in der Kindheit. Die Sonne hängt von einer Wolke, sie wird demnächst untergehen.

Kasper und seine Freundin sprechen von Keksen und von Katzenkindern, die man sich ins Haus holen wird, sobald es kälter werden wird, und zwar in rauen Mengen, die Katzen: Sobald es noch kälter, noch viel, viel kälter, sobald es also kalt werden, sobald es kalt sein wird, dann. Und mit Kaffee-und-Keks-Köpfen sehen sie sich die Abendnachrichten an.

Die Leute im Fernsehen zweifeln daran, dass sich ein Winter einstellen wird. Das tun sie ja aber schon immer, in jedem Jahr,

und schon immer haben alle Leute,
analysiert jetzt Kaspers Freundin, und Kasper stimmt ihr völlig zu,
immer lassen die Leute in der Stadt den Sommer, der völlig okay ist, ungeduldig vorbeigehen, vorbei, vorbei, wie eine Ausstellungseröffnung, wie eine langweilige Frau mit einem Kinderwagen, wie irgendetwas. Alle flüchten sie, im Sommer, in dunkle, kühle Räume, in die Kneipe ZUR HALTSTELLE, beispielsweise, und im Winter freut sich dann sowieso keiner, weil alle so kränklich und blass sind und so ängstlich, dass sie aus der Krankenkasse fliegen könnten und danach krank werden, dass sie eine Prüfung nicht bestehen, dass sie auffliegen wegen irgendwas oder irgendwem, über den Schnee, nach dem sich alle sehnen im Sommer, weil er da als ausbleibend angekündigt wird, und der ja trotzdem, immer, kommt, und okay ist.
So sind die Leute,
sagt Kaspers Freundin,
aber auch du, Kasper, auch du, auch mein Vater, auch dieser Joseph, und so weiter. Die Leute, das sind sowohl die, die man sieht, als auch die, die man nicht sehen kann.
Und Kasper spricht feierlich:
Wir müssen es alles besser machen!
Denn die mittägliche Frischluft von vorhin lässt sie nun Dinge aussprechen, die normalerweise im Sieb hängen bleiben.

Diese Leute verteilen kostenlos Essen,
erzählt der Nachrichtensprecher da gerade, und steht dabei in einer Szenerie mit seltsamen jungen Menschen herum, solche mit seltsam hohen Hüten, eng schließenden Krägen und bunten Prospekten, die an arm aussehende Menschen Dinge, Essen vermutlich, austeilen.
Sie kommen mir bekannt vor,

denkt Kasper.
Dann gibt es den nächsten Bericht, und Kasper beginnt, mit seiner Freundin herumzumachen.
Inzwischen ist es kein Geheimnis mehr: Einsame Leute, wird berichtet,
alte Leute, verkorkste Leute, sterben immer mehr an Anämie und Genickbruch.
Der Fernseher zeigt ein anschauliches Bild des menschlichen Blutkreislaufes und Skeletts.
Eine Art Vergiftung? Eine Verunreinigung des Kreislaufes?
Kaspers Freundin blickt über Kaspers Kopf hinweg den Bildschirm an:
Dort steht ein Haus im Tag, hell, eckig und weiß, ein Parkplatz, Fahrradständer, Gebüsch,
aus dieser Stadt wissen wir von zwölf Fällen. In diesem Haus ist Friedrich F. gestorben, ein einsamer Mann, seine Passion war das Segeln.
Ein Mann spricht:
Manche Leute behaupten, dass es sich um eine Art gezielte Überfälle handelt.
Und ein junger Mensch, und Kaspers Freundin ist sich sicher, es handelt sich um einen aus Josephs Jägertrupp, spricht:
Unsere Organisation hat sich mit den Fällen befasst. Wir glauben, dass das Übel, ganz vereinfacht gesagt, von bösen Blutsaugern ausgeht, denen es um das Blut der Menschen geht, leider fehlt es uns an Beweisen, auch an Entgegenkommen von Seiten des Staates, auch an Geld. Die Methode der Täter ist ganz einfach ...
Und er wird mitten im Satz ausgeblendet.
Ein Polizist spricht:
Auffallend ist, dass die Täter sich an solche alten und ungesunden Menschen halten, welche ja an und für sich völlig uninteressant sind. Es spricht auch gegen diese These, die These des gezielten Überfalls quasi, dass sie im

Haus alles zurücklassen. Die meisten der Opfer sind äußerst wohlhabend, geradezu geizig, oft fand man eine große Menge Geld auf dem Konto oder einfach so herumliegen. Erstaunlich ist, dass sehr wenig Maden in den anämischen Toten leben, bloß einige seltene Käfersorten krabbeln gern auf den Teppichen der Verstorbenen herum.
Und jetzt ist da plötzlich ein Bild der Frau von der Therapie mit der randlosen Brille. Sie sitzt in einem weißen Kittel vor einigen CT-Aufnahmen und spricht:
Geiz, Einsamkeit und Anämie gehen Hand in Hand, und Hand in Hand mit einer sehr speziellen ungünstigen Belastung der beiden zwei Gehirnhälften. Diesen Todesfällen ging stets erwiesenermaßen eine sehr ungesunde Form des Lebens voraus, und zwar physisch wie psychisch. Die daraus resultierende Krankheit nennt sich GALOPPIERENDE ANÄMISCHE DEPRESSION. In ganz fortgeschrittenen Stadien der GALOPPIERENDEN ANÄMISCHEN DEPRESSION, und das ist äußerst wahrscheinlich, entwickelt sich von den brüchig gewordenen Halswirbeln aus eine akute Entzündung in das ganze umliegende Gewebe, was bei einigen der Toten sogar geschwulstig aus dem Hals bricht. Es besteht allerdings keinerlei Grund, in Panik auszubrechen, denn da die Ursachen dieser Krankheit ja durchaus bekannt sind, ist es ein Leichtes, sich gegen diese zu schützen.
Und:
Kalt wird es,
wird vor neuem Hintergrund berichtet,
das kann mit Sicherheit gesagt werden.
Es soll sehr kalt werden, später in diesem Jahr.

23.

Zu Kasper und Kaspers Freundin bringt der Postbote, bevor sie planmäßig beginnen können, sich Katzenkinder in rauen Mengen anzuschaffen, ein Paket. Er schiebt es mit einem Leiterwagen bis in ihren Hausflur hinein.
Darin sind viele Flaschen violetter Wein.
Und das bringt einiges Seltsames, wie den Katzenkinderplan, in Vergessenheit, und fördert einiges Seltsames aus der Vergessenheit wieder empor.

Immerhin, der Wein ist ja gut, jaja, der Wein ist sehr gut! Kaspers Freundin trinkt ihn im Folgenden zügig und beinah ganz allein aus, so schnell, dass man es kaum mitbekommt.
Kasper sitzt seiner Freundin währenddessen mit einer deutlichen Tasse schwarzem Kaffee am Küchentisch gegenüber, und er beobachtet, wie ihr Gesicht sich auflöst, wie das Rot von Mund in Wangen übergeht, wie Haarsträhnen in den Mundwinkeln kleben bleiben, wie ihr Lachen zu einem Weinen wird und auch umgekehrt, bis sie, erschöpft und betrunken von aller Kreisförmigkeit, Bordeauxfarbigkeit, Penetranz ihrer Gefühle, ihren Kopf, den sie eigentlich auf die Schienen legen will, wie sie laut verkündet, in Ermangelung von Schienen dann in seinen Schoß legt, und dorthin sieht, wo sie sich ja eigentlich Lichtsäulen vorstellt, Lichtsäulen vor sich vorgestellten, verschiebbaren Wänden, wo die Küche zum Schlafzimmer, dieses auch zum Arbeitszimmer, welches zum Kinderzimmer, das dann wiederum zur Küche, und so weiter.
Sie richtet sich auf, weil ihr nun einfällt, was die Situation am besten beschreibt, und zwar:
Ich finde, dass du eigentlich ein eigenartiger, in dich gekehrter und irgendwie auch total unsympathischer Geigenjunge bist,
sagt sie.
Was?,

fragt Kasper verblüfft, beide Hände in ihrem Haar vergraben.
Jetzt rede ich!,
brüllt, ohne Anlass eigentlich, seine Freundin.
Warum soll ich zu Hause bleiben und vertrocknen wie eine vertrocknende Anemone, bloß, weil du so bist, wie du bist? Wieso soll ich an der GALOPPIERENDEN ANÄMISCHEN DEPRESSION sterben, denn du hast sie ja bestimmt schon, und du willst mich damit anstecken, weil ich immer zu dir halte, wieso, wieso, warum eigentlich?
Und sie möchte Kasper gern die Faust in den Magen setzen, aber die Hand ist sehr weich und knickt am Gelenk weg und gibt nach. Es hätte zwar passieren können, dass sie aus Zufall trifft, aber sie hört auf damit, bevor das passiert.

Sie lässt die Hand sinken, sie sinkt selbst wieder ganz in Kaspers Schoß mit dem Kopf zurück, und weint voll Selbstmitleid den Stoff von Kaspers Hose voll, weil sie erkennt, dass es ja alles an ihrem Charakter liegt. Eigentlich wollte sie von ganz anderen Dingen sprechen, von dem jungen Menschen namens Joseph mit der Nase, von ihrem Vater, von dem klaffenden Verlust der Geige.
Es liegt an ihrem Charakter, dass sie Dinge in Räume spricht, die später nicht mehr dieselben Räume sein werden, aufgrund der sich irgendwie dauernd, so kommt es ihr vor, verschiebenden Wände, so dass die gesagten Dinge, obwohl sie gesagt werden müssen, doch immer schon zugleich in den falschen Raum gesagt werden, immer, weshalb sie also ein unguter Charakter ist und einsam werden wird, wenn sie nicht aufpasst, und vor einen Teil dieser Gedanken schieben sich gleich schon die Wände, und Kaspers Hände, weil sie weint, schieben sich auf ihren Rücken, und sie beißt kräftig in seinen Oberschenkel.

Kasper knirscht daraufhin im Schlaf mit den Zähnen. Hält die Luft an, weiß nicht mehr, wie das geht mit dem Atmen im Schlaf, drückt die Luft gewaltsam aus der Lunge, aus dem Rachenraum hinaus.
Auch das, es geschieht geräuschvoll, ergibt irgendeine Art von Musik, denn Kasper ist ein musikalischer Mensch.

Kaspers Freundin muss das metaphysische Gruseln am nächsten Tag gewalttätig fort pfeifen. Auch Aspirin muss sie einnehmen. Kasper muss nichts dergleichen.

Und am Abend geht die Trinkerei weiter, aber ja.

24.

Und ja, plötzlich schlafen sie sehr oft miteinander. Es geht auf den Winter zu, akute Situationen häufen sich. Aber sie schlafen, weil sie sich lieben, miteinander.

Das ist sehr viel Arbeit. Die Augen lösen sich auf im Dunkeln, der andere scheint jedem nur mehr eine einzige, dunkle Fläche zu sein. Es ist irgendwie gruselig zwischen ihnen, seit der violette Wein im Spiel ist, aber sie sagen sich das natürlich nicht.
Kaspers Freundin ist ja sowieso ganz betrunken, aber auch lieb und zahm, das kann man ihr zu Gute halten, und Kasper sucht mit dem Mund ihre Ohren, ihr Haar, ihre Augenlider, bis sich seine Augen an die Nacht gewöhnt haben. Sie schmeckt nach reinem Alkohol und etwas abgestanden. Da kann er wieder Konturen ausmachen: Die Augen, der Mund, Brüste auch, und Bauch seiner Freundin. Das stimmt ihn fröhlich. Er blüht auf. Kaspers Freundin schreit gern beim Sex. Kasper hält ihr gern den Mund zu. Sie beißt ihn gern in die Hand, bis sie Blut schmeckt. Auch in den Arm, in den Rücken beißt sie gern: Sie beißt eben gerne. Kasper fickt sie gern in den Po. Die Luft riecht nach nassem Laub und etwas Fauligem dabei, und sie kühlt schön: Diese Luft ist so schön und gesund.

Der gestorbene Großvater kommt Kasper kurz in den Sinn, unerwartet,
Genickbruch,
fällt ihm ein.
Kasper hält seine Freundin im Nacken. Sie kneift sich in die Brustwarzen.
Brustwarze, was für ein scheußliches Wort!
Kasper kommt in ihrem Mund, sie schluckt artig und

grinst wohl ins Heringsdunkle, beide haben das Gefühl, vorangekommen zu sein.
Was ist schon eine Geige,
denkt Kasper atemlos,
mehr als ein Häufchen Holz. Was ist schon Musik mehr als ein Häufchen Holz. Kaum da, schon wieder weg.

Sie sind stolz aufeinander, und auch auf sich selbst, jeweils. Sie tragen blaue und grüne Flecken, im Herbst, in den Winter hinein.

Sie sind keine Helden im Dinge zusammenhalten und nach dem Sex übergibt sich Kaspers Freundin, denn der Alkohol bekommt ihr nachträglich schlecht, aus dem Fenster, und Kasper sagt:
Du solltest einfach nichts mehr trinken, trink jetzt einfach nichts mehr!
Und nimmt einen Schluck kalten Kaffee aus einer Tasse, die er neben dem Bett stehen hat.

Alles hält noch ein wenig.
Der Schlaf von Kaspers Freundin ist weiterhin gut, trotz des metaphysischen Gruselns und dem Kopfschmerz tagsüber.
Der Sex hält, und auch der Schlaf:
Die Träume sind voll liebevoller Details, und sowieso Orgasmen jede Nacht, oder fast, denn Kaspers Freundin erwacht doch immer, ganz kurz bevor sie ganz herausbekommt, was da geschrieben steht. Wie das schmeckt, dieses Getränk, wie diese Droge funktioniert. Wie sich das anfühlt, der Tod, oder zumindest das Sterben.

Und dann stehen schon wieder die maskierten Computerspielfuzzis im Morgengrauen und sprechen vom Licht, ja, tatsächlich, jedes Glas Wein muss Kaspers Freundin übel und immer übler büßen, mit einem entsetzlich schlechten Gewissen, mit dem Bild des jungen Menschen Joseph vor Augen, als zöge der gleich los, bewaffnet, um irgendwas zu jagen. Auch mit Übelkeit büßt sie, auch mit dem üblen, oft sehr laut formulierten Wunsch, den Kopf auf Schienen zu legen, und gewaltsam, und aber!

Ja, dann eben übergibt sich Kaspers Freundin nach dem Sex aus dem Fenster, ein klärender Hagelsturm und der Wein ist alle, und es geht eilig zurück ins Bett, und da beginnt eine Serie von so Träumen von skrupellosen Morden, die Kaspers Freundin begeht, ein Mord nach dem anderen, wobei als Mordinstrument eine Zange fungiert, und die Morde müssen sein, um sie aus einer auswegslosen Lage zu befreien.
Gut, dass man mich nie erwischt,
sagt sie, aufwachend, zu Kasper, und verschläft den folgenden Tag in der Hoffnung auf einen besseren Traum.

25.

Kaspers Freundin steht im Badezimmer vor dem Spiegel und macht sich dunkle Augen, silberne Augen, rote Wangen, einen roten, roten Mund, sie probiert eine Kette an, oder ein Jackett des toten Großvaters, mit aufgekrempelten Ärmeln.
Ich besitze nichts, das man tragen könnte! Ob ich nackt gehen sollte? Ich könnte eine Bettdecke mitnehmen und so tun, als sei das ganz normal!
Du solltest lieber zu Hause bleiben. Bleib doch hier!,
sagt Kasper,
wir sehen uns einen Film im Fernsehen an und essen überbackene Brote ...
Aber lass mich doch! Ich werde die Bettdecke nehmen, so mache ich es, siehst du?

Kaspers Freundin hat beschlossen, in der Stadt tanzen zu gehen, aus dem Nichts heraus hat sie das beschlossen, denn es ist wichtig, Leute um sich zu haben. Die Stimmung in Kaspers Großvaters Haus drückt auf die Eingeweide, zudem ist der Wein nun vollständig ausgetrunken.

Erstaunlicherweise stößt sie sofort an vereinzelte oder in so Grüppchen lose Bekannte, Feinde und Freunde aus der Schulzeit und ähnlichen Institutionen, deren Existenz ihr völlig entfallen war, nun fällt sie ihr wieder ein, in der Stadt, die in der Nacht niemals schläft. Über die breiten Straßen bewegen sich so bunte Menschengruppen, die Lichter färben die Stimmungen, man trinkt Bier, Rum, Bacardi, Cola und raucht, die Gebüsche knistern und rascheln geheimnisvoll, Musik schiebt sich aus den Häusern in die Seitenstraßen, über die Schatten der Einsamen hinweg.
Bei jedem, den Kaspers Freundin trifft, jubelt sie heftig, auf dem Weg zum Club, so heftig, dass es ihr selbst ganz

vorkommt, als sei jeder davon ihr der liebste Mensch, aber tatsächlich kommen sie ihr allesamt so dermaßen bekannt vor, dass sie ein bisschen müde wird davon.

Und sie geht tanzen und jubelt bei jedem Lied, als sei es ihr das liebste Lied, und sie trinkt wieder eine Menge.
Es ist so, schau,
erklärt sie einem ältlichen, aber netten Burschen, den sie unterwegs zufällig kennenlernt,
das Problem ist, dass der Alkohol mein Wesen verändert, weißt du! Ich werde zu einem anderen Menschen.
Zur Verdeutlichung rückt sie schweißnah an ihren neuen Bekannten heran, mit großen Pupillen und einem sehr nassen Gesicht, und sie will dem neuen Bekannten rasch alles erzählen, aber auch alles.
Aber das ist doch immer so bei Alkohol,
sagt der neue Bekannte verwundert und rückt schnell ab, denn Kaspers Freundin spuckt Tröpfchen in sein Gesicht beim Sprechen, und sie ist so sonderbar zurechtgemacht, dass man nicht weiß, wie das gemeint sein kann. Ist das eine Bettdecke, was sie da trägt?
Ja, das ist doch das Prinzip vom Alkohol!,
sagt er, in Kaspers Freundins vom violetten Wein der letzten Tage irgendwie in Einzelteile zerfallenes Gesicht, in die honighellen Augen, und wird von diesem Anblick selbst zunehmend ganz verwirrt.
Aber ohne ein weiteres Wort zu verlieren stolpert Kaspers Freundin da schon auf die Tanzfläche.

Ja, haha, die Beats!
Und sie tanzt und sieht Gesichter, sieht viele Gesichter, tanzt, mag die Leute alle sehr und plant einen Betrug, aber das ist nur ein Plan, nichts weiter.
Die Beats, hihi, ach ja.

Der Alkohol bekommt mir nicht,
denkt Kaspers Freundin gleich darauf beschämt, und überlegt, ob sie gut aussieht, ob sie gut tanzt oder ob sie sich heftiger schämen muss und wem damit geholfen wäre, und sie nimmt schnell noch ein paar Schnäpse zu sich, die ihr alle wiederum der schon bekannte und sympathische ältliche Bursche an der Bar bezahlt.
Denn das ist der Charakter. Der ist nicht schlecht, aber schwach. Aber als ob ich da etwas dafür könnte!

Auch Josephs Gesicht taucht einmal aus einem Bierglas empor. Sie starren sich stumm und erschrocken an. Und belassen es dabei.
Ich habe ihn fortgeschickt,
fällt Kaspers Freundin, siedendheiß, betrunken ein, und sie denkt sehr schnell und immer wieder hintereinander diese wunderlichen Sätze:
Dabei hat er mich doch erkannt! Und hat er mich nicht berührt wie kein anderer? Ist es nicht so? Dabei hat er mich doch erkannt! Und Beats. Das muss reichen, ein Mund. Und hinreichend Beats, hinreichend Porzellan, kleine Katzen aber auch, und Kekse. Dem Gröbsten können die meisten ohnehin schlecht ans Licht verhelfen, überhaupt, von so einer Inwendigkeit auszugehen, aber nein. Anemonen: Das ist so an ihrem betrunkensten Punkt. Und sie fühlt sich sehr traurig, und als ob die alt werdenden Wangen wieder hängen würden, irgendwie, irgendwohin.

Die alte Zeit ist aber vorbei,
sagt sie dann, aus allertiefstem Herzen, jenem ältlichen Burschen, der ihr jetzt, sich ihr auf dem Weg zum Klo entgegenstellend, von einer Zeit erzählt, in der man richtig günstig wohnen konnte, überall, kostenlos sogar, ohne Yuppies und ohne Nazis, in der man bei wildfremden

Leuten klingeln, und Verbindlichkeiten austauschen hat können, oder nur klingeln, ohne die Verbindlichkeiten, und in der er Tuba gespielt habe, in dieser Zeit.
Aber es ist müßig, das zu vergleichen!,
spricht Kaspers Freundin klar, analytisch, geistreich:
Denn das ist eine Zeit, die sowieso nie wieder kommt, eine Zeit, die nicht bleiben konnte, die ist jetzt einfach vorbei!
Aber das Internet, das bleibt ja auch,
sagt der neue Bekannte,
und das ist das, was ich nicht verstehe, das geht ja auch nicht vorbei, und das ist unfair und die Arschlöcher wissen genau, wovon ich rede! Die wissen das doch!
Kaspers Freundin schwankt.
Und du?
Will er wissen, der neue Bekannte.
Ja,
informiert Kaspers Freundin,
da wäre ich gerne dabei gewesen.
Und sie sagt:
Ich brauche dringend ein Wasser und ich muss dringend aufs Klo.
Gut,
sagt der ältliche Bursche,
ich warte hier auf dich! Gottverdammt, das tu ich!
Und wie schön das ist!

Ich sollte doch erstmal alleine eine Wohnung in der Stadt nehmen, bevor es zu spät ist,
denkt Kaspers Freundin, mit der Stirn an der Toilettentür, und betrunken, während sie sich die Strumpfhose herunterzieht und ihr Gewand zusammenrafft, und sie denkt konkret und klar, und setzt sich allerdings dabei aus Versehen auf die Klobrille drauf,
man sieht schließlich, wie gut ich in der Lage wäre, mir

ein funktionierendes Netz aufzubauen. Vielleicht ist es klar und vernünftig. Und den jungen Menschen namens Joseph mit der Nase zu treffen, ebenfalls, ganz klar und vernünftig. Wo er mich doch möglicherweise erkannt hat. Wo ich ihn doch möglicherweise liebe. Aber wie kann ich Joseph lieben, wo ich doch Kasper liebe und nun alles richtig machen möchte? Ist es Teil des schlechten Charakters, wenn ich sehe, wo ich bleibe, wo doch dort in diesem Haus möglicherweise die GALOPPIERENDE ANÄMISCHE DEPRESSION herrscht!

Aber sie bekommt das alles irgendwie hin, mit Strumpfhose, Klobrille, Bettdecke und so weiter, und sie wird auch wieder beinah nüchtern an diesem Abend. Der ältliche Bursche hilft ihr zunächst aus dem Klo hinaus, indem er ihr von außen erklärt, wie das Drehschloss funktioniert. Und er hilft ihr auch zur Tanzfläche hin, wo sie bleibt und tanzt, und sich fragt, wie sie aussieht, dabei.

Dafür ein prächtiger, ganz naher Sternenhimmel, fast so gut wie in der Kindheit, als sie, hellnachts also, nach Hause schleicht, einem blasslila Schimmer am Horizont entgegen.
Darf ich mitkommen?,
fragt höflich, weil sie nichts sagt die ganze Zeit, der ältliche Bursche.
Nein, das geht leider nicht,
spricht sie tapfer.
Und der ältliche Bursche wankt davon in eine andere Richtung. Irgendwo im Niemandsland vor der Stadt werden sie sich das letzte Mal gesehen haben.
Jetzt bleib ich lieber zu Hause,
denkt Kaspers Freundin traurig in die Richtung, in die er verschwunden ist.
Und:

Schluss mit dem Unfug,
denkt sie, und sucht das Schlüsselloch.
Schluss jetzt,
denkt sie, und kotzt aus dem Küchenfenster.
Das ist doch alles Quatsch!
Und sie geht schlafen neben Kasper.

Der Fernseher am nächsten Tag zeigt Bilder von Leuten, wie sie sich immerzu glänzende Bratenstücke in rote Münder schieben. Diese Leute sind im Leben auf der Jagd nach Gerichten, in denen das Fleisch von vom Aussterben bedrohter Tierarten enthalten ist. Sie sind zugleich auch Gejagte, diese Leute, denn immer wieder sind sie getrieben, in Reisegruppen loszuziehen, Wale zu jagen, Riesengürteltiere, Schlangen, Tiger und Hufeisennasenfledermäuse. Darauf sparen sie das ganze Jahr, indem sie einer ganz freundlichen Arbeit nachgehen und eine ganz freundliche Familie mit ganz freundlichem Essen ernähren. Viele von ihnen haben einen Schießschein. Sie sind die Spalter. Sie spalten ab, dass sie vom Aussterben bedrohte Tiere jagen, um sie zu essen. Spalter, das ist der Charakter dieser Leute.
Wenigstens sind wir nicht einsam,
sagt einer von ihnen, und:
Das Riesengürteltier,
kommentiert der Kommentator,
ist kein besonders weiches Tier!

26.

Kaspers Freundin will nicht mehr fernsehen am nächsten Tag. Sie will jetzt ein Buch lesen.
Sie denkt:
Heute ist ein guter Tag, um ein Buch zu lesen, und ein guter Tag, um den jungen Mensch namens Joseph aufzusuchen.
Sie, durch Alkohol brüchig, denkt wieder viel an den jungen Menschen Joseph und das weiche Fell, den Koffer mit den kunstvoll gefertigten und selbst gebastelten Geräten.
Mal hier, mal dort ist sie im Gedanken, und sie denkt:
Sicher ist es so, dass ich gewisse Dinge, um sie loszuwerden, ausleben muss, und außerdem, ich habe bisher noch nichts Detailliertes über sein Hobby als Geisterjäger erfahren, es wäre aber wichtig, glaube ich, etwas darüber zu wissen.

Kaspers Freundin legt also ihr Schokocroissant beiseite und steht auf, so dass der Kakao in der Tasse schwappt.
Sie sagt zu Kasper, der stumm und knochig wie sein eigener Großvater auf der Chaiselongue sitzt:
Ich fahre in die Stadt und leihe mir ein Buch aus!
Kasper sieht auf, seufzt, und antwortet:
Es gibt jede Menge Bücher in diesem Haus, geh mal schauen! Du warst doch erst in der Stadt. Warum willst du dauernd in die Stadt fahren?
Ich will ein Buch aus der Leihbücherei. Willst du mich etwa einsperren? Ich bin doch nicht so wie du, dass mir das Spaß machen würde!
Bring wenigstens Tomaten mit und Milch,
sagt Kasper.
Ich geh in die Leihbücherei, nicht in den Supermarkt.
Du nervst mich!
Nein, du nervst!
Ach komm.

Kaspers Freundin drückt Kasper einen erwachsenen Kuss auf die Stirn und geht.

Und Kasper ist alleine. Er sieht aus dem Fenster.
Er hat kurz die Vorstellung, er sähe den blanken Schädel des violetten Herrn, aber das ist nur Staub, leider, auf der Scheibe. Ihm kommt eine gute, eine ganz vernünftige und gute, ruhige Idee, mit der er sich von der Einsamkeit ablenken wird. Er füllt warmes Seifenwasser in einen Behälter, konzentriert, und wischt die Scheibe sauber.
Er macht das sehr gut. Danach sieht es aus, als könne man hinaus fassen, die Bäume berühren, die kaputte Laube, den hohen, kühlen Himmel.

Vor dem Gartenzaun tauchen zwei junge Männer und eine junge Frau auf. Sie tragen eine Art Uniform: Lange Gehröcke und hohe Hüte. Sie werden begleitet von dem Notar von Kaspers Großvater. Es sind eindeutig Leute, die zu irgendeiner Gruppe gehören.
Kasper versteckt sich hinter der Gardine. Aber er weiß schon, dass sie ihn gesehen haben. Sie stehen nämlich am Gartenzaun jetzt und winken und klingeln. Sie lächeln ihm, der hinter der Gardine steht, ganz freundlich zu. Sie haben blitzende, saubere Gebisse, geradrückig sind sie und pappelschlank.
Also lässt Kasper sie herein.

Sie halten sich offenbar für etwas Besonderes.
Sie stellen sich Kasper vor als die jungen Leute vom Hohenzollernverein, die man auch ab und zu in den Medien sähe. Dabei nehmen sie die hohen Hüte ab, dann sehen sie weniger beängstigend aus.
Was wir tragen, ist alles antik,
erklären sie Kasper und drängeln sich in der Diele,

es gibt heutzutage einen Markt für sowas.

Wie es sich jetzt herausstellt, hat ihnen Kaspers Großvater bis auf das Haus alles vermacht, was er besessen hat, alles Geld auf den Konten und auch das Bare, das sie früh schon aus dem Haus geborgen hätten, außer dem Kontrabass, ob Kasper wisse, wo der sei?

Kasper weiß es nicht.

Die jungen Leute des Hohenzollernvereins sehen neugierig den Treppenaufgang hinauf und spähen in die beiden Eingänge, den zur Küche und den zum Wohnzimmer.

Er ist ja sehr einsam gewesen, sehr, sehr einsam,

betonen die jungen Leute des Vereins im Folgenden oft, und streifen Kasper dabei mit Blicken, lustvoll, und wie zufällig.

Keiner sei ja da gewesen, beim Großvater, nur krankmachende Erinnerungen die ganze Zeit.

So etwas ist nicht gut!

Und da sitzen sie schon alle aufrecht in einer Reihe auf der Chaiselongue, die jungen Leute vom Hohenzollernverein, gucken traurig mit auf die Brust gedrücktem Kinn in ihre Kaffeetassen, schwarz, und nicken vor sich hin, jeder für sich.

So schlimm,

sagt Kasper schließlich,

ist es nun auch wieder alles nicht gewesen. Wollen Sic mich eigentlich beleidigen?

Die jungen Leute erröten, aber atmen weiterhin flach, damit die Nähte ihrer antiken Kleidung nicht platzen.

Oh nein! So war das nicht gemeint.

Wozu sind Sie denn dann gekommen?

Die jungen Leute vom Hohenzollernverein lächeln und erklären, wie sich das verhält mit dem Testament von Kaspers Großvater:

Das Bild im Treppenhaus, zum Beispiel, das mit der LICHT-UND-SCHATTEN-POLKA, das gehöre ihnen, und auch viele andere Gegenstände in diesem Haushalt, alles eigentlich. Außer das Haus selbst, was aber ohnehin nicht von besonderem Wert sei. Man wolle nicht kniefieselig sein, nur gründlich, und deshalb müsse das alles gesagt werden, gründlich eben, aber nicht kniefieselig. Daher sei es in diesen Zusammenhängen am allerpraktischsten, wenn Kasper einfach ihrem Verein beiträte.

Sie legen einige Prospekte auf den Tisch und erklären leichtfüßig verschiedene mögliche Formen der Mitgliedschaft.
Wir wissen,
sagen sie,
dass du auch nicht für die Demokratie bist! Wir wissen auch, dass du nicht wählen gehst! Wir wissen, dass du einsam bist, ab und zu, heute, zum Beispiel!
Es ist besser, man gibt nach! Ich bin ihnen auch beigetreten, flüstert der Notar Kasper zu.

27.

Es dauert lange, bis Kaspers Freundin zurückkehrt, aber sie ist ziemlich hungrig und ungeduldig, und schmeißt die jungen Leute vom Hohenzollernverein und auch den Notar entschlossen hinaus.
Lang ist sie weg gewesen.
Sie habe ein paar Leute auf dem Weg gesehen, ihre Therapeutin und ein paar Leute. Jetzt ist es Nacht.
Durch das Küchenfenster sieht man den Mond.

Was für Leute?,
fragt Kasper.
Ich habe meinen Vater gesehen, auf dem Rückweg.
Und was für Leute meinst du?
Sie habe ihrem Vater von der Kurzsichtigkeit berichtet, und die Kurzsichtigkeit wiederum habe sie kurz davor in der Leihbibliothek bemerkt. Ihr Vater sei ihr dann gleich eine grüne Brille kaufen gegangen. Grün sei eine gute Farbe für eine Brille, und dazu passe sehr gut dieses grüne Hütchen, das sie auch noch vom Vater bekommen habe. Leider habe sich diese Begegnung abrupt in Streit aufgelöst, so dass sie nun abermals fürchte, den Vater verloren zu haben, für immer, wie immer.
Was für Leute hast du denn noch gesehen?
Das Buch, das ich mir ausgeliehen habe, ist auch grün. Das passt gleich doppelt gut. Es geht um Käfer.
Kaspers Freundin zieht Brille und Buch sorgfältig aus ihrer Tasche und zeigt beides her.
Kasper betrachtet sie scharf, was für Kaspers Freundin ein Grund ist, sich mit der flachen Hand auf die Stirn zu schlagen, und:
Aber das Käferbuch, Band 2!,
auszurufen, mit einer für Kasper völlig neuen Schauspielerinnenstimme:

Aber ich habe das Käferbuch, Band 2, ja ganz vergessen! Ein alter Trick.
Kasper lässt sich zwar nicht beirren, und aber nein, es ist nicht aus ihr heraus zu bekommen, und die Wahrheit ist, dass Kaspers Freundin an diesem Tag, vorsätzlich zufällig, den jungen Menschen Joseph getroffen hat. Da bereits schon mit grüner Brille, denn der Teil der Erzählung mit dem Vater stimmt ja beinahe.

Sie hat aber die Brille im Laufe des geheimen Treffens mit dem jungen Menschen namens Joseph bald schon abgenommen, weil ihr die Welt und sie sich selbst damit verworren erscheint. Vielleicht war sie betrunken beim Sehtest, wer weiß. Aber sie hat das grüne Hütchen getragen, und sie sind beide lang spazieren gegangen, Händchen haltend.
Die Erinnerung daran ist mysteriös weich. Sie ist verschwommen und darf, da Kasper sonst mit Sicherheit in ihr lesen wird wie in einem offenen Käferbuch, nur unscharf umkreist werden in Gedanken.
Am besten, sie setzt gleich wieder zur Verschleierung die grüne Brille auf, eine Verkleidung, die fabelhaft funktioniert, denn:
Wohin blickt sie?,
denkt Kasper. Er denkt:
Was denkt sie?

Und:
Oh!,
denkt hingegen Kaspers Freundin,
da sind unsere Schritte, unser Atem, sowie die Mandarinenten im Teich, die mit aufgespreiztem Gefieder umher eilen und Geschäfte erledigen, und es hat mich berührt, alles, wie kaum etwas anderes,

denkt sie, fühlt sich undeutlich erleuchtet und erzählt Kasper nichts.
Es gibt immer noch die Option, auszuziehen in der Nacht, und Insekten zu untersuchen, denn sie ziehen neuerdings zum Bösen hin, und mit Holzpflöcken, ich hätte da viel Intuition, sagt ja Joseph, jajajajaja.

Nein, sie erzählt Kasper nichts, sondern fasst ihn im Nacken, macht sich aus einer Umarmung los, und verkündet: Übrigens wurde mir geraten, das Fenster zu schließen in der Nacht und keine Pakete von außerhalb anzunehmen oder sonstigen Besuch zu empfangen! Immer mehr Leute sterben an Anämie und Genickbrüchen, und das eine hängt unausweichlich mit dem anderen zusammen, weißt du.
Ach ja,
sagt Kasper bloß.
Mehr nicht, und Kaspers Freundin bekommt einen Wutanfall, weil an seinem Ach ja inhaltlich nichts auszusetzen ist. Sie schmettert das grüne Buch über die Käfer gegen die Glasenuhr, die daraufhin zu Boden fällt und in einige Teile zerspringt.

Eine Reparatur ist unvermeidlich.
Und ohnehin ist es nun eigentlich Winter.

28.

Sie lieben sich ja, Kaspers Freundin und Kasper, schrecklich gegenseitig. Sie geben sich sehr viel Mühe. Sie holen sich Spezialitäten aus Feinkostläden, sie bleiben zusammen, damit nichts mehr schiefgeht. Sie entwickeln Pläne, ab und zu.
Kasper übt jetzt Singen im oberen Stockwerk, seine Freundin übt Kartenlegen auf dem keimigen Teppichboden im Erdgeschoss.

DES TEUFELS KLÜGSTER TRICK IST ES, UNS DAVON ZU ÜBERZEUGEN, DASS ES IHN NICHT GIBT,

sprechen die Karten zu Kaspers Freundin.

Sie vergisst es gleich wieder, weil sie mit anderem beschäftigt ist, und sich zudem bei Kasper wiederholt für Dinge entschuldigen muss, die ihr in Zuständen unterlaufen.

Kasper verzeiht ihr, dass sie die chinesische Bodenvase seines toten Großvaters zerbrochen hat.
Ich weiß, es ist dein Charakter,
spricht er, gütig, seine Singübungen dafür kurz unterbrechend, und beginnt, den Schaden mit Kleber aus Großvaters Heißkleberpistole zu kitten. Beim Kitten pfeift er. Er fühlt sich gut, denn er denkt, dass er gut pfeifen kann.
Und überhaupt ist er viel besser als ich in allem,
denkt Kaspers Freundin neidisch,
warum hat keiner mir eine musikalische Begabung vererbt und falls doch, warum hat mich nie jemand gefördert? Wieso hat man mir nichts Sinnvolles beigebracht, als ich klein war, warum habe ich meinen Vater verloren und den jungen Menschen namens Joseph mit der Nase,

den sympathischen ältlichen Burschen aus dem Club und auch sonst so Leute, warum habe ich meinen Studienplatz verloren? Warum muss ich so sein, wie ich bin?
Sie beschließt, ihren Vater beim nächsten Treffen mit all diesen Fragen zu konfrontieren. Ob es ein nächstes Treffen geben wird?

Sie sieht gierig zu, wie Kasper den Heißkleber auf den Bruchstellen verteilt. Das bemerkt Kasper, pfeifend, wohl, und findet es sehr gut. Er weiß, gerne würde seine Freundin einen großen Heißkleberball rollen und ihn sich in den Mund stecken um ungeduldig darauf herum zu kauen und berauscht zu werden. Oder ähnliches.
Alles lädt sie,
denkt Kasper,
ein, von ihr angefasst zu werden. Alle Kanten müssen mit Fingern nachgefahren, instabil aussehende Stellen daraufhin überprüft werden, ob sie tatsächlich instabil sind. So oft geht ja etwas zu Bruch. Ich weiß das. Ich kenne sie ja.
Das war aber jetzt wirklich nur aus Versehen und nicht der Charakter!,
fährt ihm seine Freundin dazwischen, obwohl er stumm gedacht hat,
bitte, gib mir doch mal diese Pistole!
Nein,
antwortet Kasper,
denn es ist meine Pistole, und du bist meine Freundin, und ich möchte nicht, dass dir etwas passiert.

Die Glasenuhr leiert etwas. Sie hat jetzt einen scheppernden Nachhall bekommen, der sie beide amüsiert und zu Verbündeten macht, über alle Bruchstellen hinweg.

29.

Anfang November hilft Kaspers Freundin Kasper, sozusagen als Entschädigung für die Glasenuhr und die chinesische Bodenvase und so weiter, ein Bewerbungsschreiben zu verfassen.

Die jungen Leute vom Hohenzollernverein, die anscheinend um Kaspers Geldsorgen wissen, haben ihm eine aus einer Zeitschrift ausgeschnittene Stellenausschreibung geschickt. Es geht um einen Job als Geiger bei einer Musicalproduktion, deren Veranstalter Mitglieder im Hohenzollernverein sind. Anbei liegt auch die Einladung zu einem Salon, bei dem der Notar einen Vortrag über den Begriff ANTIK halten wird.

Über Kaspers Großvater, so deuten die jungen Leute vom Hohenzollernverein in dem Begleitschreiben an, sind günstige Beziehungen geknüpft, Kaspers Bewerbung würde im Stapel ohne weitere besondere Zusätze nach oben wandern. Das überzeugt Kasper zwar, aber zunächst wird er eine Geige brauchen, wozu er wiederum Geld braucht, welches bereits ausgegeben ist.

Wir sind ja völlig aus der Welt,
fasst Kaspers Freundin zusammen,
da kommen wir nicht einfach wieder hinein, so kommen wir nicht weiter,
und so weiter.

Aber erstmal die Bewerbung. Kasper vertraut seiner Freundin, denn er selbst ist ja Musiker und kein Schriftsteller und er weiß nicht, worauf es ankommt.
Das Bewerbungsschreiben, das Kaspers Freundin für Kasper verfasst, geht so:

Sehr geehrte Damen und Herren, werte Prüfungskommission,

Wo ich mich in zwanzig Jahren sehe:
Ich stelle mir vor, dass ich in zwanzig Jahren das Kaspische Meer auf einem Ausflugsdampfer überquert haben werde. Dahinein, ins Meer, werde ich alles fallen gelassen haben, was mir bis zu diesem Punkt arg auf der Seele lastet. Danach will ich ruhig zu Ende leben, ohne Angst und Aufregung. Ich will zwei Kinder haben. Ihre Namen sollen Ruhm und Gloria sein. Gut ist es, wenn der Bub, Ruhm, zwei Jahre älter ist als das Mädchen, Gloria. Sie sollen zu Hause auf die Welt kommen, denn das ist etwas Schönes. Die Hebamme werden wir mit viel Bedacht zuvor aus dem Telefonbuch wählen. Es soll sich möglichst um eine Schweizerin handeln. Auch auf vollkommen lupenreine Vergangenheit ist zu achten, denn eine allzu verwirrende Vergangenheit lenkt die Hände von der aktuellen Arbeit ab. Nach der Überquerung des Kaspischen Meers auf einem Ausflugsdampfer wird mir selbst der Sinn nach Abenteuern ganz ausgetrieben sein. Ich werde dann allen Berechnungen zufolge nach so denken: Wir haben es ja versucht, es war ja ein Versuch. Und nur weil nicht alles gelungen ist, heißt das nicht, dass nicht wenigstens etwas gelungen ist. Unsere Pläne sollen realistischer, unsere Liebe alltagstauglicher, unsere Seelen milder geworden sein. Um es zusammenzufassen: Ich sehe mich nicht als perfekten Musiker, aber dennoch bin ich sehr musikalisch. Das soll bedeuten: Selbst in meinen inkomplettesten Einzelteilen bin ich ein klingendes All. Außerdem habe ich einen Französischkurs besucht und Erfahrungen in allerlei Aushilfsjobs gesammelt.

Avec des meilleures salutationes,
K.

Das ist, was sie hören wollen und nichts anderes!,
sagt Kaspers Freundin, steckt den Brief in einen Umschlag, verschließt ihn und klebt eine Briefmarke drauf.
Ich wollte das eigentlich vorher noch lesen,
sagt Kasper.
Du musst dich aber beeilen, damit es heute noch wegkommt!,
sagt Kaspers Freundin,
und ich gehe schlafen, jetzt!

Kasper geht zum Briefkasten und wirft den Brief ein. Und vom Briefkasten, nachdem er den Brief eingeworfen hat, geht er wieder zurück, nach Hause.
Ich gehe so,
denkt Kasper sorgfältig,
nach Hause. Ich bin stabil. Ich fühle mich gut. Wir werden gut in den Winter kommen.
Der Winter kommt hinter dieser Kreuzung. Wieso denke ich das?
Es ist dunkel und es riecht stark nach Harz oder etwas ähnlichem, und ein feuchter Nebel liegt auf der Straße.
Es ist Kasper, als sei das niemals anders gewesen als so:
Dämmrig und feucht.

Und die Haustür steht offen.

30.

Kasper tritt ein. Er schließt die Tür und geht fröstelnd durch die dunkle Diele.
Auf der Chaiselongue sitzt wer.
In der Diele klappt etwas mit einem trockenen Geräusch um.
Jemand räuspert sich ins Finstere. Am Geruch ist es mit Leichtigkeit zu erkennen: Es handelt sich um den violetten Herrn.

Der violette Herr sagt:
Die Tür ist offen gewesen. Ich habe geklopft, und dann bin ich einfach hereingekommen.
Kasper hat einen trockenen Mund.
Wo ist meine Freundin? Hat sie Sie nicht hereingelassen?
Es war keiner da,
antwortet der violette Herr,
ich habe auch niemanden gehört. Ich hoffe, dass Ihnen das keine Schwierigkeiten bereitet!
Kasper schüttelt den Kopf. Er verschränkt die Arme und lehnt sich an den Türrahmen.
Nein, es ist kein Problem, wenn Leute im Dunkeln in meinem Haus aus und ein gehen.
Der violette Herr lächelt höflich ins Dunkle.
Sie haben mir ja einmal Einlass gewährt, ich war mir sicher, die Einladung gilt noch. Sie gilt doch noch, oder?
Kasper schweigt. Der violette Herr lächelt.
Der Winter ist schon wieder im Anmarsch, nicht wahr!
Kasper nickt.
Ich hoffe, Sie hatten ein gutes Jahr? Sie sehen sehr viel besser aus,
sagt der violette Herr und beguckt, denn er kann im Dunkeln sehr gut sehen, Kaspers Hals, Kaspers Adamsapfel,

Kaspers Brustkorb, wie er sich hebt und senkt, Kaspers zitternde Finger in der Verschränkung.

Atmen,
denkt Kasper,
und flexibel bleiben, von den Zehen bis in die anderen Dings, äh, Nervenenden irgendwo in der Nähe der Fingerspitzen, denn das ist das A und O des guten Tons, und im guten Ton soll keine Angst enthalten sein, kein Gekratze, keine Luft, falls ich noch einmal etwas sagen muss.
Seine Augen gewöhnen sich allmählich, und er erkennt im Dunkeln die Schemen irgendeines gelblichen afrikanischen Musters, Büsche oder Frauen, auf dem Hemd des violetten Herrn. In dessen Schädel scheint etwas zu glimmen, und die Glatze leuchtet veilchenfarben nach außen.
Danke der Nachfrage,
stößt Kasper in den Raum, und er denkt still:
Ist es tatsächlich ein Jahr her?
Das Klavier ist morsch gewesen, nicht wahr?,
sagt der violette Herr.
Kasper nickt.
Das wusste ich. Wussten Sie, dass ich wiederkomme?
Kasper sagt nichts.
Wollten Sie übrigens nicht auch auf die Musikhochschule?,
fragt der violette Herr.
Nein, nicht mehr,
bringt Kasper hervor,
oder, eigentlich doch, aber ich kann nicht üben. Ich bräuchte meine Geige, aber ich habe das Geld nicht mehr. Ich brauche einen Job und Geld und eine Geige, am besten zuerst eine Geige, dann einen Job, und dann kann ich Geld zurückzahlen. Ich brauche meine Geige wieder!
Kaufen Sie sich doch eine,
sagt der violette Herr unbeteiligt,

und im Übrigen: Es ist völlig unbewiesen, dass Sie gut Geige spielen können. Wer hat Ihnen denn das gesagt, außer Ihrem Großvater und einem trotteligen, alten Professor?
Mein Lehrer hatte einen weltweiten Ruf,
sagt Kasper schwach,
ich hatte viermal die Woche Unterricht. Ich bin sehr begabt. Ich meine, äußerst. Ich bin äußerst begabt. Es steht nicht viel zwischen mir und der Musik. Ich träume in Musik, das ist ein gutes Zeichen, sagt man doch ...
Aber,
wendet der violette Herr mitleidig ein,
Sie machen keine Musik, das ist leider der Punkt!
Vor einigen Monaten noch hätte ich es schaffen können.
Der violette Herr nickt mit seinem glimmenden Kopf.
Uns alle packt ja von Zeit zu Zeit dieses metaphysische Gruseln, nicht wahr!
Kasper gruselt es. Er sagt:
Wollen wir nicht das Licht anmachen?
Licht, genau!,
und der violette Herr starrt versonnen in die Glühelemente des Energiespar-Rondells, mitten hinein. Es scheint ihm nichts auszumachen.
Kasper sieht auch hinauf. In der Mitte seines Blickfeldes beginnt sich etwas in Grün, Rot und Lila auszubreiten,
das, wie eine Halluzination, blumenförmig, lang nicht mehr aus dem Bild verschwindet. Ein lautes Summen setzt ein.
Vielleicht kann ich Ihnen irgendwie helfen,
sagt der violette Herr.
Er ist dabei noch bleicher als das letzte Mal, beinah durchsichtig, und lächelt auch nicht ganz soviel, dafür bekommt Kasper aber auch seine schwarzen Zähne nicht mehr so häufig zu sehen.
So über die Jahre hat man doch eine Menge wertvoller Kontakte geknüpft,

sagt der violette Herr,
und Geld bedeutet mir nicht besonders viel.
Warum sind Sie eigentlich wieder gekommen?,
fragt Kasper,
wollen Sie irgendetwas kaufen, oder verkaufen?
Ja, naja, vielleicht kann ich Ihnen helfen. Ich habe ein Unternehmen gegründet, das mit gebrauchten Oberdämpferklavieren handelt. Geld bedeutet mir nicht viel, aber es ist sehr unüblich, viel davon herzuschenken. Ich könnte mich unglaubwürdig machen, Sie würden mich für unseriös halten ...
Es ist seltsam, dass meine Freundin sich nicht rührt, unterbricht Kasper, wendet sich ab, knipst das Licht in der Diele an, und brüllt den Namen seiner Freundin ins Treppenhaus.

Ihre Freundin?
Der violette Herr steckt sich eine Zigarette an.
Das letzte Mal war aber hier noch keine Freundin!,
er raucht nervös, lächelt dann wieder.
Auch eine?,
fragt er und streckt Kasper das Päckchen hin,
heute ist so ein Tag, da muss ich einfach rauchen. Ich habe übrigens auch Durst. Regelrecht Brand hab ich.
Ich muss mal nach meiner Freundin sehen,
sagt Kasper hastig,
bitte entschuldigen Sie mich.
Dann gehe ich,
sagt der violette Herr, räkelt sich, und überlegt es sich anders:
Oder nein, ich gehe doch nicht. Ich bleibe hier. Ich möchte hier den Abend verbringen. Darf ich es mir hier bequem machen?

31.

Als wieder ein bisschen Platz in ihrer beider Leben für Mußestunden und den übrigen Unfug war, begann Kaspers Großvater mit hornigen roten Fingern über vier sehr dicke und sehr lange Saiten zu rutschen. Der Kontrabass gab Melodien von sich, mal, mal aber auch verfehlte er diese. Es ist so schwierig, Musik festzuhalten, denn kaum ist sie da, ist sie ja bekanntermaßen auch schon wieder weg. Insgesamt passte alles sehr gut zu ihrer beider, Kaspers und der seines Großvaters, Stimmung: jahrelange nämlich und tief andauernde Verzweiflung wegen Großmutters Tod. Und dass schließlich alles so geendet, und dass vieles im Leben so oder so nicht ineinander gepasst, und die Schwester häufiger sich hätte melden sollen, man kann es ihr aber wohl kaum verübeln. Sie hatte sicher eigene Probleme. Kasper war also ein einsamer Mensch, behauptete aber später der Einfachheit halber, die Einsamkeit nicht gehasst, sondern vielmehr innig geliebt zu haben. Probleme, sagte er später, seien nicht sein Problem gewesen, er sei schon immer eine Person ohne Probleme gewesen. Kasper bügelte viel, die Bewegung beruhigte ihn. Und schließlich fanden sie beide also, der Großvater und Kasper, Trost bei den Streichinstrumenten, jeder für sich. Damit könnte es enden. Das ist das eine. Das andere ist, dass in einem Winter das Dach über Kaspers Kopf undicht wurde und es nachts ganz andauernd auf ihn runter tropfte, was Kasper recht schmerzhaft an der Seele berührte, weil er ja sehr dünnhäutig geworden war, wie er sich da so aus seiner Kindheit schälte. Er schlief also den Rest seiner Jugend auf dem Sofa im Wohnzimmer. Die Morgen im Wohnzimmer, aus Sofasicht, waren dann irgendwann plötzlich sauberer als die Tage der Jahre zuvor, irgendwann, wie als wenn die Sicht klarer geworden wäre, aufgeräumter. Von einem Tag auf den anderen kooperierten die Dinge wieder. Wenn Kasper nun bei Dämmerung erwachte, tropfte es morgens ganz oben aus dem undichten Dach in einen Plastikeimer, aber davon hatte er sich losgelöst. Kasper hörte andererseits oft das Holz des Hauses arbeiten. So wie seinen Kopf. Er selbst wiederum funktionierte wie seit jeher nach der Glasenuhr. Seit Kurzem auch nach dem Wecker, der wie ein Hahn krähte. Kasper übte jedenfalls sehr viel Klavier. Warum auch nicht. Er hatte kein bestes Fach in der Schule und auch keinen besten Freund, aber irgendeinen Freund wird er schon gehabt haben, jeder hat einen Freund, oder auch nicht, Kasper war das einerlei. Alle Geräusche im Haus und auf der Straße störten nicht. Dann ein Professor, dem er vorspielen sollte, wobei ihm in der Melodie, die lief, weil er sie auswendig konnte, genauer, weil nichts, wie er später angab, zwischen ihm und der Musik stand, plötzlich doch eine schwarze Taste unterkam, die nicht dort hin gehörte. Egal, weiter. Dann die Geige. Die Bewegung des Bügelns hatte ihn schon immer beruhigt, hin, her, das brachte seine Verwirrung über den Vorfall mit der schwarzen Taste wieder zum Erliegen. Über dem Kopf des Professors an der Wand: Ein Hirschgeweih. Ich kann auch jodeln, sagte Kasper. Sein Großvater sagte, er kann sogar jodeln. Es mutete übrigens an, als erwüchse das Geweih an der Wand aus dem Kopf des Professors, während der wieder und wieder großzügig und weise sagte, dass er es großartig finden würde, wenn alle Leute Musik machten, das Singen eines Kindes sei ihm das Liebste, und dass die Leute sich früher mit der Jodelsprache wie mit einem Telefon verständigt hätten. Ein jeder auf seinem Gipfel hätte dem anderen auf seinem anderen Gipfel zugejodelt, und das solle bitte nicht aussterben! Und der Professor reckte seinen Kopf ins Licht, denn er fühlte sich ja großzügig und weise: gesehen, gehört und erhellt. Oh, ich werde den jungen Kasper fördern, denn außer der Musik, was hat er im Leben? Und ob denn der Großvater aus Bayern stamme?

Hierüber schläft Kaspers Freundin jetzt. Ihr Kopf liegt im Kegel der Schreibtischlampe. Die Gardinen bauschen sich, der Mond sieht wie ein dicker Bauch ins Zimmer. Kasper steckt seine spitze, kühle Nase in ihr Haar, er sehnt sich verzweifelt. Er ist froh, dass sie da ist und langt mit kühlen Fingern unter ihr Schlafanzugoberteil. Kaspers Freundin fährt empor. Es tut ihm weh, dass sie sich erschrocken hat, und für einen Moment lang ist sie ganz weich und zugänglich, beschützenswert wie ein kleines, vom Aussterben bedrohtes Tier, und er muss ihr sagen, dass sie ihm helfen muss, dass sie ihm beistehen und um Himmels Willen nicht alleine lassen soll.
Er räuspert sich.
Möchtest du mit nach unten kommen? Wir haben Besuch!
Besuch? Na sowas!,
Kaspers Freundin bläht die Nasenlöcher, gähnt, und dreht den Zettel um, auf dem sie eingeschlafen ist, den Kasper gerade zu entziffern versucht.
Ich komme gleich nach, einverstanden? Geh doch schon mal vor, bitte. Ich muss mir noch etwas anziehen. Schau, ich bin doch im Schlafanzug!
Einverstanden,
sagt Kasper, und nimmt ihre Hand, die vom Schreiben und Schlafen eiskalt geworden ist, in seine eigene, eiskalte Hand und küsst sie, drückt sie innig, bevor er geht.
Hand in Hand werden wir ins Licht gehen.

32.

Sie bekommen nicht häufig Besuch, was?,
stellt der violette Herr fest. Er sitzt mager am bequemeren Teil der Chaiselongue und zieht hingebungsvoll an einer Zigarette. Rauchelemente schnörkeln im Wohnzimmer, drehen sich träge, legen sich gelb auf die Tapete. Der Raum vergilbt. Kaspers Ohren rauschen, und jemand, oder etwas, erzeugt Rückkopplungsgeräusche. Seine Knie knacken. Kasper fühlt sich sehr, sehr alt werden.
Besuch? Gott bewahre!,
sagt Kasper, probiert ein Lachen, probiert aus, ob sich seine Beine, wie es sich gehört, am Knie knicken lassen, bleibt mitten im Raum stehen, mit Raum zum Weichen, in jede Richtung, Raum zur Flucht, kein Gedanke mehr ans Atmen und Federn.
Nein, wenig Besuch!
Kasper hustet.
Und was ist mit Ihrer Freundin?,
fragt der violette Herr neugierig,
kommt sie noch?
Er ist dabei, sich die schweren Stiefel auszuziehen, die stellt er sorgfältig nebeneinander auf. Darunter trägt er ein Paar Socken mit Karomuster, auch die legt er ab. Dann raucht er und gräbt dabei seine Zehen in den alten Flokati, der vor der Chaiselongue auf dem Boden liegt. Stumm beobachtet der violette Herr dabei seine eigenen violetten Füße. Die Fußrücken sind dabei überaus pelzig, und die Füße sehen aus wie ganz selbstständige kleine Tierchen. Die Zehennägel krümmen sich behaglich nach unten und fischen nach Flokatizotteln. Das Energiespar-Rondell lässt die Glatze des violetten Herrn heiter blitzen.
Kasper hebt die Schultern.

Ist ihre Freundin auch so wie Sie?,
fragt der violette Herr.
Oder anders? Ist sie anders?
Anders, ja ... Meine Freundin geht manchmal aus,
presst Kasper hervor, und verspürt ebenfalls das Bedürfnis, die Schuhe auszuziehen, im Flokati zu wühlen, kommt sich dabei aber lächerlich vor und ist gehemmt.
Sie geht manchmal aus? Was ist damit genau gemeint? Sie geht aus? Ausgehen?
Naja. Sie geht in die Stadt und trifft Leute, oder sie geht tanzen. Wir sind sehr unterschiedlich.
Was für Leute?
Irgendwelche Leute halt. Ihren Vater, ihre Therapeutin. Leute.
Wie ist sie denn nun?
Meine Freundin?
Ja!
Nun ja, es ist so, wir passen eigentlich gar nicht recht zusammen. Aber wir kennen uns schon so lang, dass ...
Da bin ich!

Da steht Kaspers Freundin in der Tür. Sie trägt ihren grünen Hut und die grüne Brille. Ihre Augen warten dahinter schief und ganz ohne Blick in die Welt hinein. Sie hat sich, wozu auch immer, verkleidet: Über dem Schlafanzug trägt sie einen Wintermantel. Der Mantel ist dunkelblau, silbern durchwirkt und hat einen Kaninchenpelzkragen. Ein Beweis, dass ihr Vater sie lieb hat, der Pelz speziell. Ihr Vater ist ein unzuverlässiger Mann. Mal gibt es für sie einen teuren, schweren Wintermantel mit Kaninchenfell, an anderen Tagen vergisst er, dass es sie selbst überhaupt gibt. Die Wangen von Kaspers Freundin glühen. In der Schläfe sieht man eine zartrosa Falte, wo sie auf ihrem Ärmel gelegen hat, im Schlaf.

Du siehst toll aus,
sagt Kasper, scheppernd, in die Stille, die ihrem Auftritt gefolgt ist.
Der violette Herr lässt die Hand mit der Zigarette sinken, steht auf und sieht sich Kaspers Freundin an. Mit vorgerecktem Kopf, mit ganz gierigen Augen. Er erkennt sie sofort:
Sie sind Kaspers Freundin!,
sagt er. Er geht um sie herum und atmet pfeifend.
So ist es!,
sagt Kaspers Freundin stolz oder zumindest angstfrei, denn sie trägt ja ihre grüne Brille, und sie dreht sich ein bisschen, damit der violette Herr den Mantel besser bewundern kann, den grünen Hut, die Brille, durch die sie ihn ihrerseits, ganz ohne Scham, gründlich mustert, irgendwie schielend.
Dann sagt sie zu Kasper:
Ich bin überrascht! Da ist ja tatsächlich jemand! Ich dachte, du machst einen Scherz.
Bitte, darf ich vorstellen. Das ist der Herr, dem ich meine Geige verkauft habe. Ich weiß nicht, wie er heißt.
Angenehm,
sagt Kaspers Freundin und streckt dem violetten Herrn, der sich wieder unter Kontrolle hat, ihre Hand hin. Er nimmt sie nicht, sondern er versteckt seine Hände schnell hinter seinem Rücken.
Wie ist denn das mit der Geige?,
fragt Kaspers Freundin streng.
Kasper steht abseits und schlägt sich mit der Handkante gegen die Kehle, als wolle er sie sich damit durchschlagen. Dazu macht er ein gruseliges Gesicht, damit sie aufhört, zu reden.
Ganz schöne Dummheit, das,
fährt aber Kaspers Freundin unbeirrt fort,
Kasper hat es mir alles erzählt. Wir hätten sie gerne wieder, die Geige. Ich, das heißt Kasper, aber auch ich. Ich glaube

nämlich, was Sie da gemacht haben, ist sicher anfechtbar. Ich kenne den Verbund der Jäger mit den Strumpfmasken überdies persönlich, verstehen Sie! Wie auch immer Sie es gemacht haben und was es auch immer ist! Hören Sie? Haben Sie Kaspers Geige dabei? Ja, natürlich, unmöglich, das zu leugnen, ich habe den Kasten ja im Flur gesehen! Kasper, da ist deine Geige! Hast du gesehen?
Setz dich hin,
befiehlt Kasper, dem das Ganze sehr unangenehm ist. Kaspers Freundin nimmt auf der Chaiselongue Platz und schaut weiterhin, verschwommen, den violetten Herrn an.
Der violette Herr setzt sich ebenfalls und schaut, weiterhin seinerseits, Kaspers Freundin an, aber ganz klar wiederum.
Seine Augen sind ganz genau dunkelheringsgrau tief, die Pupille ist nadelspitz und kaum zu finden darin. Sein Blick bewegt sich in Kaspers Freundins Innerem wie in einem hellen, lichten, ganz überblickbaren Raum. So ist der Blick des violetten Herrn.
Die Lippen des violetten Herrn hingegen sind heute gelblich, trocken, und beginnen unvermittelt zu zittern.
Die Glasenuhr schlägt.

Ist Ihnen kalt?,
fragt Kaspers Freundin, einen verbindlichen Ton anschlagend,
möchten Sie einen Tee trinken?
Anfechtbar, aber sicher doch, meine Dame,
sagt der violette Herr, und lächelt dünn wie ein Bleistift,
Danke, keinen Tee!
Aschfahl sieht er dabei aus. Bläulich. Violett.
Aber Ihnen ist doch nicht gut!
Und der violette Herr klappt tatsächlich steif zurück, ohne mehr Worte, und fällt in eine Ohnmacht. Das kommt unerwartet.

Und was machen wir jetzt?
Die Stimme bricht Kaspers Freundin bei dieser Frage in ein nervöses Kichern.
Kasper schleicht sich an den violetten Herrn heran, hebt dessen Handgelenk an und lässt es wieder fallen.
Wie fühlt es sich an?
Sei mal still, ich fühle nichts ...
Ich will ihn auch anfassen! Komm, wir schauen, ob er Geld dabei hat!
Spinnst du?
Er hat dich übers Ohr gehauen! Wir müssen kein schlechtes Gewissen haben. Wir holen uns die Geige und tun einfach was anderes in den Kasten. Das merkt der nie!
Warum blühst du plötzlich so auf? Du hast von allen hier die beste Laune! Vielleicht stirbt er?
Das macht doch nichts! Ich weiß zufällig genau, dass er ein böser Blutsauger ist.

Kaspers Freundin tritt in die Diele und öffnet die Verschlüsse des Geigenkastens.
Was meinst du damit?
Sie antwortet nicht, denn sie weiß es nicht genau. Mit einem leisen Klacken springt der Kasten auf.
Und übrigens, er hat mich nicht übers Ohr gehauen,
sagt Kasper vom Wohnzimmer aus,
das kann man ja so nicht sagen. Er hat viel mehr gezahlt, als die Geige wert war. Er hat sicher ungefähr zwanzigmal soviel gezahlt. Und er ist sicher irgendwie mächtig, ich weiß nicht, wie, aber ...
Kaspers Freundin ruft ihm zu:
Hier ist ein altes Taschentuch, eine Decke, und ein Handy, und da, was ist das? Ein Stückchen Fell? Du, hier ist gar keine Geige drin. Pfui, eine tote Ratte. Der Mann ist vielleicht nicht bös sondern nur verrückt. Ah, aber hier sind ein paar Papiere!

Lass das,
sagt Kasper.
Seine Freundin fragt:
Kommt er wieder zu sich? Hier ist nichts von Wert, glaube ich. Ich kann es nicht entziffern, was auf den Papieren steht. Es ist in der Dings-Schrift geschrieben. Ist er immer noch ohnmächtig? Wir sollten ihn fesseln.
Sie geht zurück ins Wohnzimmer, setzt sich neben den ohnmächtigen violetten Herrn auf die Chaiselongue, nimmt ihm die Zigarette aus den Fingern, denn die beginnt, ein Loch in das Polster zu brennen.
Wir rufen den Notar!,
sagt Kasper entschieden. Er ist sich ganz sicher. Es ist der einzige Mensch, der ihm einfällt.
Den Notar? Oder besser den Notarzt? Oder besser, wir fesseln ihn, das ist am besten!
Vielleicht stirbt der Mensch noch. Und er soll ja hier bleiben, wegen der Geige. Halt ihn auf, wenn er gehen will. Ich hole ...

Bin wieder da,
knurrt der violette Herr da,
bitte entschuldigen Sie!
Er richtet sich auf, gähnt, streckt sich und schlägt die Beine übereinander. An seinen Zehennägeln hängen Flokatiflocken.
Ich möchte nun etwas zu trinken bekommen!,
verlangt er.
Oh ja, ich bräuchte auch etwas!,
Kaspers Freundin springt auf, setzt sich wieder hin.
Hol du den Schnaps, Kasper, beeil dich!,
befiehlt sie. Ihre Wangen glühen und ein unpassendes Gelächter, von dem man nicht weiß, wo, wann und wie es anfangen wird, steht ihr zur grünen Brille heraus. Sie

drückt die Zigarette auf dem Couchtisch aus.
Rufen Sie doch noch den Notar hinzu,
sagt der violette Herr,
vielleicht rundet er unsere Runde ab!
Nein, ich bin dagegen,
sagt Kasper.
Ich bin hier der einzige,
denkt er,
mit Verstand.
Und er geht in die Küche und holt Schnaps und Gläser.

Also, trinken wir eben! Auf die Musik,
sagt Kasper zurückkommend, verteilt Gläser, setzt sich auf die Chaiselongue neben seine Freundin und sieht dem violetten Herrn fest über seine Freundin hinweg in die Augen. Er hebt sein Glas.
Der violette Herr blickt höflich über Kaspers Freundin hinweg zurück. Er hebt sein Glas ebenfalls:
Nein, auf die Liebe trinken wir! Nicht wahr?,
sagt der violette Herr, und sieht Kaspers Freundin komplizenhaft an.
Ist das nicht dasselbe?,
fragt Kasper.
Ich trinke auf die guten Witze,
unterbricht Kaspers Freundin faul. Sie deutet ein Glasheben nur an, kippt gleich, schluckt, grinst:
Ich weiß ja nämlich gar nicht, was das ist, Liebe, und unmusikalisch bin ich auch total.
Kasper und der violette Herr widersprechen nicht. Alle trinken festlich.
Etwas Schönes,
sagt der violette Herr, und zündete sich eine neue Zigarette an:

Liebe!,
spricht er,
Hand in Hand vor ein Haus treten, im Hellen. Im Herbst die Felgen des Schlittens polieren, die Oberflächen der Wanderstiefel. Der Geruch von gutem, ganz tiefem, und so weiter, Schlaf. Und so weiter. Sich die Schlaffalten aus dem Gesicht sortieren und der Augenblick wird zu einem Universum dabei. Schlaffalten, ja. Picknick bei Sonnenuntergang, Ausflüge in die Weinberge, Picknick bei Sonnenaufgang, Ausflüge an die Strände. Und so weiter. Man ist beisammen, und dann ist man unter Leuten, und dann ist man aber wieder beisammen, und unter Leuten, und dann wieder, und das ist das Wichtige, beisammen, und alleine, und wieder zusammen. Und so weiter,
der violette Herr pustet Rauch aus.
Ja, und so weiter. Sie ist kreisförmig, die Liebe. Nein, herzförmig ist sie. Schlaffaltenmäßig. Hören wir jetzt Musik?
Kaspers Freundin lehnt mit dem Kopf an der Wand hinter der Chaiselongue und sieht behaglich durch ihre Brille. Sie fühlt sich schon betrunken, sie fühlt sich belehrt, aber sie ist jetzt gern Schülerin, und was soll Böses sein an diesem violetten Herrn? Viele Aspekte an ihm sind eher interessant bis bemitleidenswert: Im Mund des violetten Herren bewegt sich eine violette Zunge wie ein dickes, violettes Algenblatt, und die vergilbten Zähne des Herrn staken in den Raum. Aus dem violetten Herrn selbst strömt, während er spricht, immer weiter der Rauch heraus, so, als sei er in Wirklichkeit ein Ofen, weit mehr Rauch, so scheint es, als er im selben Moment produzieren könnte.
Dieser Herr ist insgesamt so schön abgerundet!,
denkt sich Kaspers Freundin zufrieden,
er ist sozusagen kreisförmig. Nein, herzförmig. Er ist violett!
Sie fragt ihn deutlich:
Wollen Sie etwas essen?

Oh, essen. Nein, danke. Wir hören lieber Brahms. Oder vielleicht Beethoven. Nein, zuerst Brahms. Und dann Beethoven. Dann erkläre ich Ihnen das alles. Brahms und Beethoven, Sie möchten doch sicher, dass ich Ihnen etwas erkläre?
Egal was!,
stimmt Kaspers Freundin zu.
Oder,
fragt der violette Herr,
haben Sie vielleicht ein paar Opern im Haus? Das liegt Ihnen, ich möchte Sie damit nicht beleidigen, vielleicht mehr, und würde außerdem so schön zum Thema passen ...
Kasper ignoriert das Gerede. Sowieso gilt es nicht ihm. Kaspers Freundin und der violette Herr schütten begeistert jeweils weitere Schnäpse hinunter, und Kasper sitzt eingedunkelt, und dreht, in sich gekehrt, sein Glas zwischen den Fingerspitzen.

Die Vögel,
nimmt Kaspers Freundin, die sich wünscht, dass der violette Herr noch etwas zu ihnen spricht, den Faden wieder auf,
wie sie sich selbst zu Pfeilspitzen formatieren, und zu Wellen, wenn sie fortziehen, und das Licht dann auch: Manchmal über einem Häuserblock, Sie wissen, so eine seltsam angestrahlte Wolke! Wie in einem Computerspiel ...
Es ist ein Versuch, den violetten Herrn zu weiteren Vorträgen über alltägliche Themen zu animieren, aber der violette Herr geht nun, seltsam, plötzlich gar nicht mehr drauf ein, sondern hält bloß so das leere Glas in seiner großen Hand, und starrt jetzt leer und kränklich vor sich hin, der Ausdruck in seinem Gesicht ist beschädigt. Man bangt beinah um ihn.
Fühlen Sie sich noch schwach? Es ist so nett, dass Sie uns besuchen kommen,

sagt ihm Kaspers Freundin vertrauensvoll,
haben Sie eigentlich eine Frau?
Hin und wieder, ja, aber das ist wahrscheinlich nicht das, was Sie meinen!
Aber eine Beziehung, wissen Sie, das ist ja auch eigentlich gar nicht etwas so Wertvolles,
tröstet Kaspers Freundin leutselig, und Kasper hebt ruckartig den Kopf, was sie zwar bemerkt, worauf sie aber nicht eingeht.
Haben Sie aber von der GALOPPIERENDEN ANÄMISCHEN DEPRESSION gehört?,
fragt sie.
Der violette Herr schickt zum dritten Mal in ihrem Leben seinen Blick durch sie hindurch. Die grüne Brille schützt. Aber nur wenig, und die Organe tanzen aufgeregt.
Nein,
sagt der violette Herr,
noch nie gehört!
Kaspers Freundin errötet.
Nicht so wichtig, das,
murmelt sie und überlegt an einer neuen Frage:
Wo wohnen Sie denn eigentlich?
In einem Loft,
antwortet der violette Herr,
natürlich. Wie es sich so gehört, am Fluss. Wohne noch nicht so lange da. Ich habe verschiebbare Wände. Den Tisch kann man aus einer Versenkung aus dem Boden holen. Die Küche ist groß und offen. Tagsüber auch Lichtsäulen. Und so weiter.
Oh, das ist ja toll!,
jubelt Kaspers Freundin.
Lofts sind meine Lieblingswohnsituationen! Ich wollte schon immer mal jemanden kennen lernen, der in einem Loft wohnt. Kasper, hast du gehört, er wohnt in einem Loft!
Kasper sieht auf, lächelt mürbe, nickt.

Was ist mit Ihnen?,
wendet sich der violette Herr nun, an Kaspers Freundin vorbeisehend, unvermittelt an Kasper.
Kasper hebt die Schultern.
Er ist einfach nicht gesellig,
antwortet Kaspers Freundin für ihn,
und schließlich schlafen wir ja auch um diese Zeit immer schon. Sie sehen aber schlecht aus. Sind Sie sicher, dass Sie nichts essen wollen? Oder einen Tee?
Ja, ich bin sicher.
sagt der violette Herr ungeduldig, und zündet sich eine Zigarette an. Er macht eine Handbewegung vor dem Gesicht von Kaspers Freundin, so, als wolle er sie wegscheuchen wie eine lästige Fliege. Es könnte auch sein, dass diese Bewegung den Zigarettenrauch vertreiben soll. Es bleibt offen.
Kaspers Freundin springt auf, die Chaiselongue bebt.
Ich werde uns einfach einen Kaffee kochen!,
ruft sie, und läuft in den Flur. Der Schnaps wogt. Um ihren Hals schmeichelt das Kaninchenfell.
Ich bin,
sagt sie sich vor,
eine warme und gelehrige und geschmeidige kluge Schülerin. In irgendeiner Form. Ja.
Sie stolpert über den Geigenkasten im Flur. Die Decke, die tote Ratte und viele Staubmäuse tanzen über die Diele, Kaspers Freundin strauchelt und fängt sich wieder. Wie von einem Faden aufgerichtet.

Als sie zurückkehrt, ist der violette Herr leider erneut in Ohnmacht gefallen. Vielleicht bekommt ihm das Rauchen nicht, die Luft oder die Art der Gespräche.
Ich hole jetzt besser den Notar,
sagt tränenschwer Kasper. Er hat für den violetten Herrn

ein passendes Brahmsquartett herausgesucht und aufgelegt, welches aber ihn jetzt selbst allein schon bei den ersten Takten sehr aufwühlt, denn es bringt Kindheitserinnerungen hoch und pflanzt ihm Bilder in den Raum, die er doch, denkt er sich, gar nicht kennen kann: Zwei kahlköpfige Herren, fahl von einer Straßenlaterne beleuchtet, und ...
Hastig schenkt Kasper sich eine Tasse Kaffee ein, trinkt im Stehen:
Den Notar holen gehen.
Räum du den Flur ein bisschen auf,
befiehlt er seiner Freundin ruppig,
und stell dieses anbiedernde Verhalten ab!

Kaspers Freundin gehorcht, von einem Faden aufrecht gehalten, was mit Nüchternheit verwechselt werden könnte. Sie tut alle Dinge zurück in den Geigenkasten.
Die Ratte ist ziemlich eklig,
sagt sie ins Wohnzimmer.
So, alles aufgeräumt! Du kannst kommen!
Und zieh dir was Vernünftiges an!,
sagt Kasper, noch einen Schnaps hinterher kippend, er denkt:
Verlass mich nicht.
Zieh dir etwas Vernünftiges an,
sagt er,
aber sei nicht so anbiedernd. Sei nicht so anbiedernd, aber lass ihn nicht fort, falls er aufwacht.
Verlass mich nicht,
denkt er.

33.

Der Notar sitzt im Bademantel am Schreibtisch und ist damit beschäftigt, seinen Vortrag für den regelmäßig stattfindenden Salon des Hohenzollernvereins zu verfassen. Die Hinführung zum Thema über den Begriff ANTIK schweift umständlich um Restaurationsauflagen, alte Baustile, Handwerkertipps, Aufführungspraxis barocker Musik in modernen Räumen, Methoden des künstlichen Alterns von Möbelstücken und so weiter.
Er ist noch nicht sehr weit gekommen und schon ziemlich müde, als Kasper bei ihm klingelt.

Sie müssen mir helfen,
sagt Kasper,
bei uns liegt ein violetter Herr, also ohnmächtig. Es gilt, ihn, bevor er geht, schriftlich darauf festzulegen, dass er mir meine Geige zurückgibt.
Aber wovon sprechen Sie?,
fragt der Notar freudig, wirft sich eine Jacke über den Bademantel und setzt sich einen Hut auf den Kopf.
Bereit?

Sie gehen zügig. Novembernebel steigt ihnen in die Nasenlöcher.
Sehen Sie, hier haben sie etwas geändert,
sagt der Notar, und lässt offen, wen er mit sie meint, oder,
dies ist noch eines der alten Schindeldächer,
solche Dinge sagt er, Kasper folgt seinem Fingerzeig mit den Augen.
Es gibt Schindeldächer, das ist gut,
denkt sich Kasper,
und Nachbarn gibt es, das ist auch gut. Das ist alles sinnvoll eingerichtet.

Es ist heut übrigens die Nacht von Allerheiligen auf Allerseelen!,
ruft der Notar plötzlich aus, und bleibt stehen.
Na und?

34.

Und der violette Herr hebt plötzlich aus der Ohnmacht den Kopf und starrt Kaspers Freundin an. Ihr ist das nicht unangenehm, denn sie ist betrunken, und grundsätzlich neugierig.
Was ist?,
fragt sie.
Der violette Herr richtet sich benommen auf, räuspert sich, und streckt einige spitze, lange Finger nach Kaspers Freundin aus, und so weiter.

35.

Als Kasper und der Notar ins Wohnzimmer treten, ist der violette Herr wieder ohnmächtig.
Er lässt sich aber durch sanftes Rütteln an der Schulter leicht aufwecken, schlägt die Augen mit einem zufriedenen Schmatzen auf. Seine Pupillen sind geweitet.
Alles ist also fast wie vorher.
Die Unterschiede sind gering, sie sind beinahe nicht zu bemerken.

Kaspers Freundin trägt ihre grüne Brille und sitzt aufrecht wie in einem Film über geschmeidige, kluge Schülerinnen neben dem violetten Herrn auf der Chaiselongue, die Hände im Schoß gefaltet. Sie scheint sehr betrunken zu sein. Die grüne Brille macht alle, die versuchen hineinzublicken, müde.
Wo schaust du denn hin, zum Teufel,
fragt Kasper sie leise.
Kaspers Freundin bewegt stumm die Lippen, sie dreht den Kopf in verschiedene Richtungen und schaut herum.
Bleich ist sie und erschöpft und betrunken.
Und sie spricht:
In mir, Kasper, ist immer so ein Chaos. Wie kann der Charakter, in mir, solch ein Chaos sein, wo er doch fest ist, und steif und unveränderlich?
Es ist die grüne Gleitsichtbrille, die ihre Sehachsen leicht verschiebt, so dass sie ins Nichts zu blicken scheint.
Entschuldigt ihr bitte, wenn ich mich kurz hinlege? Ich fühle mich schwach.
Du willst dich hinlegen? Jetzt?,
fragt Kasper, und flüstert:
Wir haben doch Gäste!
Und er spricht mit flatternder Stimme ihren Namen gegen die Wand.
Nur kurz,

antwortet Kaspers Freundin, und sinkt seufzend auf die Chaiselongue. Ihr Kopf ist gegen die Wand geknickt.

Damit,
sagt der Notar neugierig und zupfte seinen Bademantelkragen zurecht,
hat sich ja das Problem irgendwie ganz von selbst gelöst! Die Ohnmacht hat sich also aufgelöst! In Luft aufgelöst! Das Schreiben vorhin am Schreibtisch und der Gang an der kalten Luft haben den Notar in Fahrt gebracht. Er beugt sich zu dem seltsamen violetten Herrn hinunter und spricht laut und überdeutlich, so, als spräche er zu einem Ausländer:
Soll ich Sie noch irgendwo hinfahren? Ich bin noch nüchtern, und habe sowieso den Plan, mich mit gebildeten Menschen auszutauschen!
Er gestikuliert dabei unnötig mit seinem Hut.
Das müssen Sie nicht,
sagt der violette Herr leise,
ich möchte Sie nur alle fragen und von Herzen darum bitten, dass ich hier sitzenbleiben darf. Hier ist es so warm, obwohl auch ganz anders dieser Abend verläuft, anders als ich es erwartet ... als ich es gewohnt bin. Es liegt sicher daran: Ich trinke sonst nie etwas Alkoholisches, bloß andere Sachen. Ich fühle mich so wohl, verstehen Sie? Verstehen Sie das?
Der violette Herr zündet sich eine Zigarette an, raucht tief und reibt seine Füße über den Flokati, die Sohle, den Spann, die Seiten, wobei seine Fußgelenke knacken, es sieht tatsächlich sehr behaglich aus. Er scheint mit einem Mal wunderbar verjüngt.
Sie fühlen sich hier wohl? Naja, wie Sie meinen,
antwortet Kasper,
ja, meinetwegen, das geht schon. Wollen Sie dann auch noch etwas trinken?

Danke, vielleicht später!
Ich würde aber,
lässt sich der Notar vernehmen,
vielleicht eine Tasse Kaffee nehmen wollen, und dazu ein Glas Wasser, falls es Ihnen keine Schwierigkeiten macht!
Kaffee!,
sagt Kasper eilig,
Ja. Setzen Sie sich.
Und der Notar setzt sich auf die Chaiselongue an die andere Seite von Kaspers Freundin, und er lächelt den violetten Herrn über Kaspers Freundin hinweg mit großer Bewunderung und Ehrfurcht an.

In der Küche lehnt Kasper seinen Kopf gegen die Dunsthaube. Er atmet lang aus, und wieder ein.
Die Glasenuhr schlägt.
Ist die Musik eine Linie oder ein Stapel?
Ich muss nach meiner Geige fragen.
Ich muss nach meiner Freundin sehen.
Ich muss nach meiner Geige, sie ist aus Holz, Holz, Holz.
Holz, Erde, Holz, Erde, Geige, Freundin. Quatsch.
Den Kaffee in die Kaffeemühle, und mahlen, und dann:
Der Duft. Die Erde. Der Herbst.
Sekundenlang schläft er ein, Kasper.

Aus dem Wohnzimmer hört er plötzlich die Stimme seiner Freundin. Sie klingt sehr fein.
Sie näselt, sie lacht. Sie besteht aus lauter kleinen Perlen.
Kasper ist rasend in sie verliebt.
Aber!
Er brüht Kaffee auf und stellt auf einem Tablett Kekse, Hirschsalami, Räucherkäse sowie vier Becher, Milch und Zucker bereit.
Kaspers Freundin scheint munter. Sie sieht immer noch blass und seltsamerweise auch dünner aus als sonst, sitzt

aber aufrecht, redet irgendeinen Unsinn und lacht mit breitem Mund.
Der violette Herr ist scheinbar mit ihr zugleich völlig aufgeblüht und behandelt Kaspers Freundin jetzt wieder höflich, mit großem Interesse.
Man flimmert,
denkt Kasper,
man flimmert, hier in diesem Zimmer, und alle sind ganz aufgedreht. Was aber ist mit Flimmern gemeint?
Wir haben übrigens eine Abmachung getroffen,
sagt der violette Herr da deutlich in Kaspers Gedanken hinein und greift nach einer der Tassen, die ihm auch gleich zwischen den Fingern zerbricht.
Haha,
sagt Kaspers Freundin. Der violette Herr lächelt ihr zu. Die beiden scheinen Freundschaft geschlossen zu haben.
Ihre Freundin hat mir zugeredet,
sagt der violette Herr zu Kasper,
und Sie bekommen Ihre Geige zurück!
Wie bitte?
Sie dürfen ihre Geige wiederhaben! Sie steht im Flur.
Oh nein, oh nein!,
ruft Kasper,
Notar, haben Sie das gut gehört? Ich bitte Sie, zu notieren! Ich werde nämlich jetzt gleich gehen und den Geigenkasten öffnen, und ich weiß, dass ich nicht mehr darin finde, als eine Decke, eine tote Ratte und viele Staubmäuse!
Staubmäuse! Wovon sprechen Sie denn,
sagt der violette Herr,
sehen Sie doch nach! Wieso haben Sie eigentlich so eine schlechte Meinung von mir?

Kasper blickt seine Freundin sanft an:
Du hast es gesehen! Du hast gesagt, es sei nur eine tote Ratte darin, eine Decke und Staubmäuse!
Ich weiß nichts,

sagt Kaspers Freundin, und kichert. Sie hat sich auf die Chaiselongue zurückgezogen, kauert mit angezogenen Knien, beide Hände um den Hals gelegt, und starrt durch ihre Brille ins Nichts, das heißt, sie starrt und starrt nicht.
Lächelnd denkt sie:
Ich fühle mich eine Leiche. Ich fühle mich eine Hellseherin. Ich fühle mich eine Leiche, oh, und es ist so warm im Bauch, so sieht also das Chaos aus. Oh Kasper! Gut habe ich das gemacht, loben wird man mich.
Sie denkt:
Eigentlich sollte ich ja einen Text über mich selbst schreiben. Aber ich weiß nicht, wie das geht, und überhaupto. Und überhaupt, dann soll er halt gehen und irgendwo auf seiner Geige spielen. Man ist unter Leuten, man ist beieinander, und dann ist man zusammen, und dann alleine. Hat der violette Herr gesagt! So ist das Leben: Kreisförmig nämlich. Und wieder beieinander. Ich fühle mich eine Hellseherin. Ich fühle mich eine Leiche.
Ja, sie ist wirklich in einem außergewöhnlichen Zustand.

Gehen Sie ruhig!,
sagt der violette Herr zu Kasper.
Bei mir funktioniert sie ohnehin nicht mehr.

Kasper öffnet den Geigenkasten im Flur. Im Geigenkasten liegt Kaspers Geige, genauso, wie er sie damals hineingelegt hat. Ob jemand sie jemals hinausgenommen und etwas damit unternommen hat, ist jetzt nicht nachprüfbar. Kaspers Geige ist mit einem Samttuch bedeckt, und im Deckel des Kastens klemmt eine Fotografie seines alten Professors, wie er nach einem Konzert, die Geige in der Hand, den Arm um Kaspers Schultern gelegt hat. Ob der wohl noch lebt? Kasper versucht, sich zu erinnern, aber die Erinnerungsteile sind rutschig, es gibt keine Stellen, an denen sie sich anfassen ließen. Die

Geige hingegen lässt sich gut anfassen. Sie fühlt sich warm an. Kasper fühlt sich warm an, innen.
Er nimmt seine Geige heraus und stimmt an den Saiten herum.
Im Wohnzimmer spricht keiner. Es ist still.

Kasper stimmt die Saiten. Die D-Saite ist etwas rostig, ansonsten alles, wie es immer gewesen ist. Kasper spielt schüchtern eine kleine Fantasiemelodie, klamm und dünn. Die Geige funktioniert, das zumindest kann gesagt werden. Kasper klemmt sie sich unter den Arm und geht zurück ins Wohnzimmer. Er beugt sich, die Geige unter dem Arm, vor, nimmt seiner Freundin mit seiner freien Hand die Brille ab und sieht ihr in die Augen.
Meine Kleine,
sagt er, ganz sanft und freundlich:
Meine Kleine!
Kaspers Freundin lächelt scheu, und blinzelt, wie jemand, der sich gerade an Lichtveränderungen gewöhnt.
Wie seltsam. Du sagtest doch, da sei keine Geige, vorhin, warum hast du das gesagt?
Ich ... ich weiß es nicht!
War da eine Geige? Bist du sicher, dass du nicht in den Schuhschrank gekuckt hast? Warum hast du mir das gesagt?
Ich,
sagt Kaspers Freundin,
hihi. Ich habe das vorhin mir vielleicht auch nur eingebildet, das mit der toten Ratte und der Decke. Ich weiß es nicht.
Du weißt es nicht?
Nein. Ich weiß es leider auch nicht.
Kasper pflückt ihre Hände von ihrem Hals und hält sie fest.
Die Schnecke der Geige stößt gegen ihre Schulter und klemmt sie an der Chaiselongue fest.
Was hast du denn da? Blutest du? Zeig mal!

Ja, das ist so ein blöder ... Ein aufgekratzter Mückenstich.
Ein Mückenstich? Zeig her!
Nein, fass das nicht an. Sonst kommt Schmutz in meinen Blutkreislauf, und ein roter Strich wird auf meinem Körper erscheinen und zum Herz zeigen, und ich muss sterben, wegen Schmutz im Blutkreislauf!
Ich habe ein Pflaster dabei,
mischt sich der violette Herr ein. Er steht auf, zieht eine Geldbörse aus seiner Hosentasche und holt ein Pflaster heraus, auf dem ein Bärchen abgebildet ist, das sich selbst den Arm verbindet. Das reicht er Kaspers Freundin. Sie packt das Pflaster aus.
Vielen Dank,
näselt Kaspers Freundin,
jetzt muss ich also nicht sterben.
Der violette Herr lächelt. Er scheint etwas mit seinen Zähnen gemacht zu haben. Sie sind plötzlich weiß und alle da. Ganz kräftige, gesunde Zähne.
Gottseidank nicht!,
sagt er, und schaut Kaspers Freundin irgendwie, wie Kasper findet, großväterlich an.
Kaspers Freundin tastet nach ihrer Brille.
Der Notar trinkt mit einem etwas debilen Gesichtsausdruck Kaffee.
Ich würde ja gern mal etwas von Ihnen hören,
blökt er,
spielen Sie uns doch etwas vor!
Ja, spielen Sie ruhig!,
erlaubt es ihm auch der violette Herr.

Aber Kasper spielt nichts. Er legt die Geige ruhig zurück in den Kasten im Flur. Es ist dort dunkel, und das gibt ihm Gelegenheit, zu atmen. Aus, ein.
Aha, Profi, nämlich!,

hört er den Notar im Wohnzimmer zu den anderen sagen. Die spielen nämlich nie für andere! So wie die Ärzte ihren Freunden nie helfen, wenn die krank sind. Ich kenne da einige.

36.

Kasper zuckt die Achseln und setzt sich ganz an den Rand der Chaiselongue auf das letzte freie Eckchen auf eine Pobacke neben den Notar. Zu viert sitzen sie jetzt auf der Chaiselongue von Kaspers totem Großvater, nebeneinander, zu viert. Die Runde des Abends rückt zusammen. Wo man sich berührt, Oberschenkel an Oberschenkel, wird es warm und feucht. Nur der violette Herr bleibt kühl.
Warm, nicht,
fasst der Notar fröhlich zusammen,
damit Sie wieder etwas Farbe im Gesicht bekommen, Armes! Sie sieht nicht gut aus, nicht wahr?
Er meint damit Kaspers Freundin.
Alle sagen dazu nichts.
Soll ich Sie nun irgendwohin bringen, mit dem Auto?,
fragt der Notar dann den violetten Herrn.
Kaspers Freundin, zwischen den Gästen sitzend, sich einen entzückenden Mittelpunkt, gleichzeitig aber sehr durchsichtig fühlend, irgendwo hinter ihrer grünen Brille überaus verloren, schraubt, spitzfingrig, an der Schnapsflasche herum.
Danke, vielleicht später,
sagt der violette Herr, und weiter gibt es gerade nichts zu besprechen. Kasper schenkt sich Kaffee nach. Der Notar nimmt einen Schnaps.

Der violette Herr trinkt vorerst nichts. Er beginnt stattdessen, einen langen Witz zu erzählen.
Ich werde Ihnen einen Witz erzählen,
kündigt er an, und keiner regt sich.
Weil Sie doch vorhin auf die Witze getrunken haben,
sagt er zu Kaspers Freundin,
deshalb, dachte ich mir, erzähle ich jetzt einfach mal einen Witz!

Der Witz des violetten Herrn geht so:

Irgendein ganz normaler Mann ist ein guter Christ, und zwar sein Leben lang. Er ist ein sehr guter Christ. Er trinkt nichts, isst nichts, er geht nicht in frevelhafte Kinofilme, er betet viel und spricht in der Kirche zu Gott, der selbstverständlich nichts zu ihm sagt, im Leben nicht, nicht spricht, nur spüren lässt. Das ist nämlich Gott, im Leben. So ist er. Der Mann ist ein guter Christ, und also brav. Manchmal fordert man ihn auf, am Leben teilzunehmen, zu trinken, zu essen, zu Orgien zu gehen, sich auch einmal, wie die anderen, wenigstens einen blasphemischen Film anzukucken, sich ein Bild zu machen, ja, zu sündigen, ab und zu! Da winkt der eigentlich ganz normale Mann ab, und spricht, denn er ist ein guter Christ: Ich weiß ja, dass nach meinem Tod im Himmel ein Fest auf mich wartet, und zwar für immer. Warum soll ich denn da jetzt essen und trinken und sündigen, wenn mir das doch dann eh bald blüht, hm? Und, denkt er sich: Ihr seid Dummköpfe, dass ihr euch nicht so lange ein wenig zusammen reißt! Und so geht dann also sein Leben dahin: Lobpreis, spärlich Essen, spärlich Trinken, Bibelkreis, Nachbarliebe, man weiß schon, man kennt es ja, keine Filme, die Bibel, und so weiter. Aber dafür immer diese warme Vorfreude: Das Jenseits erwartet mich, dort wird es üppig zugehen! Und eines Tages ist es dann soweit, mit dem guten Christen. Er stirbt, und er kommt sofort in den Himmel. Der Himmel ist groß, er ist sauber, blau, auch weiß, silbrig fast, und leer. Man führt den Christen auf eine Wolke, die dann seine Wolke ist. Man gibt ihm ein weißes Nachthemd. Man drückt ihm auch eine eigene, goldene Laute in die Hand: Hier darfst du sitzen, hier darfst du auf deiner Laute spielen. Das sagt man ihm. So ist der Himmel. Der gute Christ sitzt und spielt auf seiner Laute. Der Himmel ist, wie gesagt, sehr leer, und er findet auch nirgends ein üppiges Büffet, nirgends ein Gelage, wie er sichs erträumt hatte, aber schließlich ist ja auch noch gar keine Abendessenszeit. Und also geduldet er sich wieder, in Vorfreude. Er ist arg hungrig. Dann kommt irgendwann, abends, ein Engel, mit einem Servierwagen. Darauf ein Tuch. Der Engel stellt den Servierwagen ab auf der Wolke des Mannes, und er hebt, verheißungsvoll, das Tuch an. Darunter: Ein Wasser. Und ein Joghurt. Dies, denkt der Mann, ist nun die Vorspeise. Der Engel zieht sich höflich zurück. Der Mann bindet sich eine Serviette um und löffelt artig den Joghurt aus. Er trinkt das Wasser. Das Wasser ist gut. Der Engel trägt das leere Geschirr ab, man schaut sich freundlich an, was der Christ, der gewesene, auch gleich für ein gutes Zeichen hält. Und es wird dunkel im Himmel. Irgendwo geht eine Kerze an, und mehr kommt nicht. Kein Fleisch, kein Fisch, keinen Wein, nein, nichts dergleichen, nichts ist so, wie er sich es vorgestellt hatte. Mal sehen, denkt der gewesene Christ, und legt sich schlafen, kann aber heftige Gefühle des Hungers und der Enttäuschung nicht hinunterschlucken. Vielleicht bin ich hier ja noch gar nicht richtig registriert, oder so. Und er schläft ein. Und wacht auf. Und der Himmel ist wie am Tag zuvor: Hell, blank, voller Hoffnung. Der Mann setzt sich auf den Rand seiner Wolke, und späht im Himmel umher. Er trägt sein Nachthemd und spielt auf seiner Laute. Es ist warm, und es gibt überall ganz gleichmäßig gutes Licht im Himmel, also, nun ja, irre, überirdische Lichtverhältnisse. Der Himmel scheint groß zu sein, so groß, dass sich alles verläuft. Keiner kommt vorbei, und der Christ bleibt auch lieber auf seiner Wolke sitzen, damit er anwesend ist, wenn das Essen, der Wein, das Mahl beginnt. Denn

heute, denkt er sich, wird es eben ein Abendmahl geben, wie ich es noch nie erlebt habe. Alles wird sich auszahlen, das, was ich auf Erden versäumt habe. Und der Abend kommt auch tatsächlich heran, man sieht ihn schon von weitem. Und der eigentlich ganz normale Mann wartet ihn erwartungsvoll herbei, den Abend, er ist völlig gespannt auf das, was ihm da blüht. Und ein Engel klopft. Und schiebt herein: Einen silbernen Servierwagen. Und darauf: Ein Tuch. Darunter: Ein Joghurt. Und ein Glas Wasser. Geduld, sagt sich der Mann. Es kann nicht sein, dass das heute immer noch alles ist. Und er isst den Joghurt, und trinkt brav das Wasser. Und Becher und Glas werden abgeholt, und Nacht wird, und wieder Hunger. Und dann: Der nächste Tag. Wieder auf der Wolke, langweilig wird es ihm, keiner da, Laute spielen. Heute, denkt sich der Mann, heute aber! Der liebe Gott wollte mich nur ein wenig auf die Probe stellen, so wird es sein, so, und nicht anders! Nun ja, was bringt ihm der Abend? Wir wissen es bereits!
Einen Joghurt,
sagt Kaspers Freundin,
und ein Wasser.
Richtig! Am Abend bekommt der Mann wieder von dem Dienerengel auf einem silbernen Servierwagen einen Joghurt und ein Wasser serviert. Warum stellst du mich auf die Probe, Gott, fragt er, vor dem Einschlafen, aber er bekommt keine Antwort. So ist nämlich Gott! Und so gehen die nächsten Tage ins Land. Leer, hell, sauber, mit Joghurt und Wasser, am Abend. Der Mann beginnt dann halt aus Langeweile, so lange Spaziergänge im Himmel zu unternehmen. Wie zu erwarten, kann man dort endlos in alle Richtungen gehen, ohne dass der Himmel aufhört. Aber keiner Menschenseele begegnet man trotzdem nicht, tagelang. Nur selten ein Engel, der

es eilig hat, der einen Auftrag hat oder ähnliches. Aber einmal, da blickt der gewesene Christ zufällig nach unten. Und was sieht er da, um Gottes Willen?
Die Erde,
wispert Kaspers Freundin.
Nein, noch weiter sieht er hinunter!
Ach nein! Es ist die Hölle!,
ruft Kaspers Freundin, und freut sich.
Richtig, die Hölle. In die Hölle, da kann er, von einer bestimmten Stelle im Himmel aus, zufällig hinein gucken. Und was er da sieht, das gibt ihm zu denken: Menschenmassen sind dort, und alle feiern an einer Party. Alle essen und trinken Alkohol, jeder amüsiert sich. Es scheint ihm fast, als dufteten die Schweine und Ochsen und Wachteln, die dort an Spießen über offenen Feuern gebraten werden, bis hinauf in den Himmel, ja, bis zu ihm hin! Und das Wasser läuft ihm im Mund zusammen. Bedrückt geht er nach Hause, und hungrig, heim geht er, auf seine Wolke. Es wird Abend, der höfliche Dienerengel erscheint und serviert ihm: Einen Joghurt, und ein Wasser. Nachdem er das zu sich genommen hat, und der Engel zum Abräumen kommt, winkt der Mann den Engel zu sich. Er fragt leise, ob es möglich sei, den Chef des Hauses, den lieben Gott, einmal persönlich zu sprechen. Der Engel sagt, dass das leider problematisch sei, der Herr leider vielbeschäftigt, ob es stattdessen möglich sei, ihm die Frage, die er an Gott habe, einfach zu erzählen, damit er sie weitertragen könne? Nein, sagt der Mann, das sei nicht möglich, er müsse jetzt den lieben Gott persönlich sprechen. Jetzt gleich? Ja, am besten gleich. Und er wird zu Gott geführt, stellt sich einfach selbst dort vor, und der liebe Gott ist, wie der Name schon sagt, recht freundlich und gelassen, und fragt den gewesenen Christen, was anläge. Es ist so, sagt der Mann, dass ich es mir schon ein wenig anders vorgestellt habe,

im Himmel. Zum Beispiel das Essen. Wieso bekommen die in der Hölle soviel, und soviel Unterschiedliches, wo sie doch gar nicht wie gute Christen gelebt haben, wieso hält das Jenseits denn das für sie bereit, und wieso gibt es hier immer nur Joghurt? Da schaut der liebe Gott ihn kurz an, lacht dann, und sagt: Ja, glaubst du denn, ich koch nur für uns beide?

37.

Ich hab jetzt Hunger,
verkündet Kaspers Freundin und verschwindet in die Küche.
Der violette Herr lehnt sich zurück und seufzt schwer, als beschäftige er sich mit einer alten Erinnerung, oder als sortiere er falsch eingeordnete Schriftstücke. Der violette Herr ist unruhig. Er stellt sich an das Fenster und sieht hinaus.

Wie spät ist es?,
fragt Kasper.
Die Glasenuhr schlägt.
Ich kapiere einfach das System nicht,
sagt der Notar auf der Chaiselongue.

Der violette Herr lächelt dünn und atmet gegen das Glas, das von seinem Atem, was unbemerkt bleibt, gar nicht beschlägt. Es ist nämlich, als stünde er draußen. Es ist, als könne er direkt durch den Nebel fassen, und in die Gesichter der schlafenden Stadtrandbewohner blicken, so ist es. Etwas ist ganz anders am violetten Herrn als an den anderen.
Fünfzehn Minuten vor der nächsten Wache, nicht wahr,
sagt der violette Herr.
Auf dem Schiff. Glasen.

Es ist halb sechs,
sagt Kasper.
Zwei Stunden vor der Lichtgrenze,
sagt der violette Herr.
Jetzt nicht den Kopf sinken lassen!
Nein, wir müssen weiter trinken!,
sagt der Notar, und schon ist man zu einer Gruppe geworden.

Eine schöne Uhr,
sagt der violette Herr,
ich interessiere mich sehr für die Seefahrt.
Beruflich?,
fragt interessiert der Notar.
Nein, nein. Ich habe ein Modellsegelschiff ...
Wissen Sie was,
sagt Kasper,
nehmen Sie die Glasenuhr doch mit! Mich stört das Geräusch irgendwie, und wenn Sie sich doch für Seefahrt interessieren ...
Darum geht es nicht,
wehrt der violette Herr schwach ab.
Doch, doch! Mir ist sie nichts wert. Nichts wert, das Ding!
Dann will ich sie auch nicht,
flüstert der violette Herr.

Habt ihr das auch manchmal? So eine panische Angst vor dem Morgengrauen, das euch nicht schlafen lässt?,
fragt Kaspers Freundin, die mit einem Topf Nudeln in den Händen den Raum betritt.
Ich habe zumindest davon gehört,
sagt sie, und stellt sich neben den violetten Herrn ans Fenster und besieht sich selbst in der Scheibe.
Es ist Allerheiligen und Kaspers Freundin riecht wie ein Baby.
Wissen Sie was ich meine?,
fragt sie den violetten Herrn und legt eine Hand zwischen seine Schulterblätter, so dass er zusammenzuckt, als hätte sie ihn geschlagen. Hat sie aber nicht.
Wollen Sie etwas essen?
Ich muss bald gehen,
antwortet der violette Herr harsch, dreht sich zur Chaiselongue zurück und lässt sich fallen. Dabei gibt er wieder

dieses Seufzen von sich. Er ächzt, so von ganz tief unten. Die anderen glotzen.

Kaspers Freundin verteilt Nudeln an die, die essen, und schenkt allen Schnaps nach. Dann ist sie betrunken, und das Wohnzimmer besteht aus tausend Formen und vielen Farben, der Notar spricht etwas, einer schlägt gegen einen anderen, einer betrügt seinen besten Freund, einer isst, einer spuckt, durch einen gehen die Worte wie Pfeile durch die Stirn: Nein, nichts davon ergibt Sinn.
Ja, so geht das allen,
sagt der violette Herr. Es ist unklar, was er damit meint. Überhaupt scheint er abzubauen, seit er den Witz erzählt hat. Es handelt, was da geschieht und gesprochen wird, zunehmend von seltsamen Dingen.
Danke, ich esse nicht!,
das sagt der violette Herr da schon zum dritten Mal, und schiebt zum vierten und fünften Mal den Teller von sich, und besieht den Hals von Kaspers Freundin, besieht ihren seltsamen Blick, sagt, zum vierten oder fünften Mal, nun setzen Sie sich doch!,
und klopft schwer und plötzlich, auf jede der Regungen von Kaspers Freundin sehr gespannt, neben sich auf die Chaiselongue.
Heißt das: Nie? Essen Sie nie?,
fragt Kaspers Freundin, zum wiederholten Mal und staunt mit offenem Mund, und der violette Herr sagt:
Das würde ich so nicht sagen.
Und sie schließt den Mund und öffnet ihn, und isst selbst mit großem Appetit.
Und alle betrinken sich im Folgenden dermaßen, dass keiner dabei eine gute Figur abgibt.

Es ist aber,
denkt Kasper im Stillen,
alles nur ein Trick des violetten Herrn.
Er nimmt sich vor, das zu beobachten, aber irgendwie ist es da schon zu spät. Irgendwie liegen sie alle nur noch so herum, und ein Teller fällt herunter und geht zu Bruch.
Entschuldigen Sie,
sagt Kasper zu dem violetten Herrn, während Kaspers Freundin sich aus dem Fenster übergibt, und Kasper ihr etwas Gutes tun, sie festhalten und streicheln will,
die Unannehmlichkeiten,
und da ist schon der violette Herr bei seiner Freundin, hält sie fest und streichelt sie, und er flüstert ihr etwas ins Ohr, das Kasper nicht hören kann. Der violette Herr legt Kaspers Freundin neben Kasper hin, und das ist wieder fast so gut, als hätte Kasper selbst sie gehalten.
Überhaupt schieben sich die Sekunden und Minuten ganz widerwärtig ineinander, auch Jahre sind dabei und ähnliche Impressionen. Kasper zieht seine Freundin an sich und sucht sie unter ihrer Kleidung. Er presst seine Hand gegen ihren Bauch, sortiert Brüste, Rippen, Bauch und Lunge, welche nur ganz unzuverlässig zu funktionieren scheint, kaputt, schlafend, vielleicht ohnmächtig.

Der violette Herr steht in der Wohnzimmertür und will nun eilig gehen, vermutlich bevor Kasper bemerkt, dass er seine Freundin in defektem Zustand zurückerhalten hat,
dabei macht das gerade gar nichts,
denkt betrunken Kasper, macht mit seiner Freundin rum und spricht:
Bitte entschuldigen Sie und danke für alles. Ich kann Sie nicht mehr hinaus begleiten!,
denn er hält ja seine Freundin im Arm und fühlt, dass er so nicht aufstehen kann und auch sowieso nicht mehr

stehen kann, heute. Er zieht auch den Geigenkasten an sich heran, der ja plötzlich wieder da ist, mit dem anderen Arm. Mein Gott! So besoffen!
Und liegt reglos. Oh, Kasper. Er sieht zu, reglos, wie der violette Herr steht. Wie es anhebt, zu dämmern, an Kanten des Raums, wie der violette Herr sich seinen Mantel anzieht, wie er blass ist, aber entschlossen, und gespannte, deutliche Züge um Mund und Nase. Und Nase wie ein Raubtier trägt. Wie er geht. Der violette Herr.

Keiner ist da, der beobachtet, wie der violette Herr in Richtung Wald verschwindet, durch den Stadtrand durch, übers Brachland mit dem langsam heller werdenden Himmel, recht eilig Richtung Wald, die Glasenuhr unter dem Arm, die in der Dämmerung schreit. Markerschütternd.

38.

Nun, jetzt aber. Hunger. Sicher werden wir gleich Spiegeleier und Schokocroissants frühstücken,

denkt Kaspers Freundin starr. Neben ihr liegt sonderbarerweise Kasper. Kaspers eine Hand klebt auf ihrem Bauch, die andere hält seinen Geigenkasten. Auf der anderen Seite liegt ein Fremder im Bademantel, und dieser hat sich, wie kommt er bloß dazu, zugedeckt mit dem Wintermantel mit dem Kaninchenfell am Kragen, den der Vater ihr geschenkt hat. Ein Beweis, dass ihr Vater sie liebt.

Das Erinnerungsvermögen funktioniert also prächtig.

Und Taglicht schneidet ihr, ebenfalls sonderbar, wie Papierkanten in die Augäpfel.

Ich liebe Licht!

Und Echo:

Liebe Licht! Be Licht! Licht! Icht! Liebe, Lieb!

Ihr Hals schmerzt, wenn sie schluckt. Sie hat Angst, keine Luft mehr zu bekommen. Sie hat Angst, alles flöge auf, nur was bloß flöge da und wieso auf?

Und frühstücken und frühstücken und frühstücken, und hinterher alles schön aufräumen, die Vorhänge zuziehen, Kaffee und Zitronenwasser. So macht es doch nur Sinn. Wichtig ist, wir dürfen uns alle auf keinen Fall zerstreuen, ich, Kasper, der Mann da mit dem Wintermantel, der Vater. Joseph, die Therapeutin, die Feinde aus der Schulzeit. Wir müssen alle am besten zusammenbleiben, soweit das möglich ist.

Kaspers Freundin liegt ganz still und erwachend, und das Atmen der beiden anderen im Raum klingt leicht und überzeugend. Die Einsamkeit trifft Kaspers Freundin hart.

Dann klingelt es aber schon an der Tür. Kaspers Freundin stemmt sich rückwärts auf die Ellenbogen, um etwas

sehen zu können, hebt den Kopf und fällt zurück. Sie fasst sich an den Hals. Da klebt ein Pflaster. Darunter eine Art Muskelkater, in den Muskeln, natürlich, es sticht sie bis ins Herz, und sie liegt still und tastet wieder nach Kaspers Hand.
Aber scheiße, ich werde eine Bronchitis bekommen, denn es ist kalt und ich bin aus der Krankenversicherung geflogen. Und wir, das heißt ich, brauchen ein Frühstück. Aber ich, das heißt wir, führen eine gesunde und erwachsene Beziehung, das ist wahr. Und jemand müsste die Vorhänge zuziehen. Es ist so verdammt hell!
Es klingelt an der Tür.

Wir müssen aufstehen, die Tür öffnen, und frühstücken,
sagt sie laut, und dreht ihren Körper dabei langsam zu Kasper hin,
die Tür öffnen, den Menschen, der da steht und klingelt wegschicken und ihm das sagen, dass er nicht mehr klingeln soll. Und dann müssen wir frühstücken. Und nach dem Frühstück müssen wir alles aufräumen.

Kaspers Gesicht sieht, fällt ihr plötzlich auf, so aus, als hätte ihm da irgendwann jemand, wahrscheinlich direkt nach seiner Geburt, hineingegriffen und es zusammengeknautscht, so im Schlaf, ein ganz liebes, zusammengedrücktes Gesicht hat dieser Kasper. Das gefällt ihr gut. Und er schürzt die Lippen, was das Zusammengedrückte noch verstärkt.
Kasper sieht aus wie ein kleines Mädchen.
Wie ein kleines Mädchen.
Mädchen. Mäd.
Chen.
Chen. Chen.

Der Nachhall ihrer eigenen Gedanken ekelt Kaspers Freundin an.
Ich habe Durst.
Sie hat eigentlich keine Kraft, Gedanken wie solche zu denken, so scharfe, kluge und aus Worten gemachte Gedanken. Nein. Es wird ihr schwindelig davon.
Ganz arg sonderbaren Durst!
Kasper öffnet die Augen, nickt matt, und fällt wieder in sich zusammen.
Sie dreht sich zur anderen Seite.
Der Schmerz hat nachgelassen, das Licht nicht. Wie spät wohl? Der Notar, denn der ist es ja, der auf der anderen Seite liegt, hat die Hände über der Brust gefaltet und schmatzt behaglich im Schlaf. Die Kaninchenfellhaare von dem Wintermantel, der Kaspers Freundin gehört, zittern lustig in seinem Atem.
Ein Beweis, dass mein Vater mich liebt!

Rührung und Panik, zuerst das eine, dann das andere Gefühl, taucht auf, vergeht aber schnell wieder, und es bleibt ein Nichts, in das man schauen kann, das Nichts ist gefüllt mit tausenderlei unterschiedlichen Kategorien von Dingen: Mit Dingkategorien. Wie Zuckerwatte, wie das abstrakte Bild einer Waage, wie Notlügen, wie Leber, Zunge, Halsschlagader, in dieser Reihenfolge. Kategorien wie Notlüge, Notlüge und Tyrannenmord, echte Lüge hingegen, und Luft-Kategorien: Luft, die immer jeweils nach komplizierten, politischen Zusammenhängen riecht, Schaumstoff, Teppichstoff, Sauerstoff, Stoffstoff. Holz auch. Beton. Angst und Platzangst, Raumangst, Leuteangst, Angst vor dem Morgengrauen. Kuchen, Leber, Herz, Arterie. Alles dies eben und noch mehr ist im Nichts enthalten und es ist ganz leicht einzusehen. Die Angst vor dem Morgengrauen.

Ach ja, es klingelt ja. An der Tür. Kasper stößt seine Freundin in die Hüfte und sie sieht, dass Kaspers Kopf auf einen Schal gebettet liegt. Der violette Herr muss uns da so hingelegt haben. Wie Kinder, die man zu Bett bringt. Ich muss jetzt diesen Schal anziehen, denn ohne Schal und ohne Krankenkasse im Winter, das ist eine der häufigsten Todesursachen!
Kaspers Freundin zieht an dem Ende des Schals, bis der Schal ganz unter Kaspers Kopf hervorkommt. Kaspers Kopf knallt laut auf den nackten Fußboden.

39.

In der Diele zieht es. Einige Teile von Kaspers Freundins Körper fühlen sich sehr blutleer an. Die Wände schauen klar. Sie sehen weit entfernt aus. Endlich ist Kaspers Freundin an der Tür und öffnet. Es ist der junge Mensch namens Joseph mit der Nase, der da steht.
Gottseidank!

Denn hat sie sich nicht gewünscht, dass alle zusammenbleiben?
Dann blickt sie an sich herunter, und bemerkt, dass sie eigentlich nackt ist, bis auf diesen Schal.
Ich habe gar nichts an,
sagt Kaspers Freundin,
findest du das schlimm?
Wo ist er?,
fragt Joseph. Er hält seinen Gerätekoffer in der Hand und drängt sich, über die Schulter von Kaspers Freundin ins Haus blickend, in die Diele hinein.
Ist er hier geblieben? Schläft er in einer Kiste, hat er sich irgendwo vergraben?
Joseph!
Kaspers Freundin versucht, sich an Joseph festzuhalten, kippt aber und fällt längs aufs Gesicht, aber sie wacht nicht auf davon, denn sie ist schon wach. Joseph stellt seinen Gerätekoffer ab und hilft Kaspers Freundin wieder auf die Beine, was nicht einfach ist, denn er weiß nicht recht, wo er sie anfassen soll.
Bin hingefallen!
Sie versucht, sich schwer an Joseph anzulehnen, sie versucht, zu grinsen, aber nichts davon funktioniert.
Joseph hält sie am ausgestreckten Arm weit und fest von sich und mustert sie.

Wieso trägst du diesen Schal? Was ist dir passiert?
Nix. Hab Halsweh.
Kraftlos versucht sie seinen Arm wegzuschlagen, was nicht gelingt. Joseph hält sie an der Schulter und sieht ihr in die Augen.
Wo ist er hin?
Wen meinst du bloß?
Den Herrn, der einsamen Leuten ihre wertvollsten Besitztümer abkauft, um später zurückzukehren und ihnen das Blut auszusaugen. Du weißt, was ich meine, und ich weiß jetzt genau, wie alles funktioniert, nur das Programm, das ihn uns anzeigen soll, funktioniert noch nicht richtig, das heißt, verlangsamt. Also ist er fort, richtig, natürlich ist er fort, und ich brauche jetzt deine Hilfe! Du wirst mir doch helfen?
Meinst du den da, vielleicht,
schlägt Kaspers Freundin, Erinnerung zurückdrängend, verzweifelt vor, und zeigt mit dem Arm hinter sich, in Richtung des Notars und zu Kasper, der sich umdreht gerade, der mit der Hand nach ihr tastet. Und da liegt die Geige, und da ist der Schnaps.
Nein. Du weißt, welchen ich meine. Er ist in echt kleiner, als man denkt, er trägt manchmal einen Hut auf seiner Glatze und lacht an Stellen, wo man es nicht erwartet. Du hast ihn gesehen!
Ich,
näselt Kaspers Freundin und blinzelt lustig,
lache auch immer an Stellen, wo sonst keiner lacht.
Sie hofft, dass Joseph die Geduld verliert und aufgibt, aber er verzieht keine Miene.
Sag mir, was mit dir passiert ist! Kannst du dich an alles erinnern? Kannst du dich daran erinnern, wie er gegangen ist?
Kaspers Freundins Augen drehen sich nach hinten in den Kopf hinein zurück, um dort weiter ins Nichts zu blicken.

Wo ist meine Brille?,
wispert sie,
ich brauch sofort meine Brille, sonst kann ich nichts sehen und auch nichts mehr sagen.
Es ist aber wichtig!,
sagt Joseph und schüttelt Kaspers Freundin heftig, hin und her.
Versuch, dich zu erinnern!
Nichts ist passiert,
sagt Kaspers Freundin,
nichts, wir haben getrunken, dann haben wir geschlafen. Ich bin müde. Ich bin hungrig. Ich bin durstig. Ich hab Halsweh. Es ist nichts passiert!
Sie zieht sich den Schal fester und hofft, dass es damit gut ist, dass Joseph sagen wird, dass alles nicht so schlimm ist, und überhaupt, wie kommt er dazu?
Überhaupt, ich mache schon lang nicht mehr mit bei deinem komischen Computerspiel!,
ruft sie.
Joseph nimmt ihr Gesicht zwischen seine Hände. Er zwingt sie, ihn anzusehen. Da hängt Kaspers Freundin vom Gesicht abwärts in Josephs Griff und sieht ihm ins Gesicht. Sie sieht ihn durch seine Brille hindurch bis auf den Grund seiner Augen, nein, Seele, an. Eine rätselhafte Sache, mit der Inwendigkeit. Mal innen ist sie, mal außen. Da zumindest ist sie sich sicher. Sie sieht seine schöne Nase an, sie sieht seinen Mund an. Sie sieht sein Kinn an.
Du musst zu mir zurückkommen,
sagt Joseph eindringlich mitten in sie hinein,
diese Leute sind nicht gut für dich!
Das hört sich irgendwie angenehm an. Kaspers Freundin erinnert sich an gewisse beruhigende Zustände, an Vibrationen der Eingeweide, an das weiche Fell auf Josephs Brust.

Wo ist das alles hin?
Du musst dich auf mich einlassen!,
sagt Joseph nah an sie heran.
Noch ist nichts passiert!
Das hört sich gut an, und Kaspers Freundin schaut angestrengt nach hinten in ihren Kopf hinein und sucht dort nach diesen beruhigenden, ganz ordentlichen Gefühlen, aber nichts ist zu finden, gar nichts.
Du kannst das! Du bist eine Kämpferin.
Das hört sich gut an, ja.
Kaspers Freundin presst eine Träne hervor, die dann kantig im Augwinkel herumhängt, und sagt traurig:
Ich bin halt kein guter Mensch. Mein Charakter ist so, das kannst du dir wahrscheinlich nicht vorstellen, dass ich immer Porzellan zerschlagen werde, bis ich tot bin. Das hat meine Therapeutin gesagt, und die GALOPPIERENDE ANÄMISCHE DEPRESSION wird mich holen, jawohl.
Jaja,
sagt Joseph,
ich weiß, dass sie das sagen. Aber es stimmt nicht, was die Leute sagen, denn sonst wäre ich im Unrecht und ein Idiot, und das will ich nicht, und daher muss es sicher so sein, dass du nichts, was du nicht willst, sein kannst. Also, willst du jetzt mit mir nach Hause kommen?

Kaspers Freundin beginnt, in dem kleinen Bewegungsradius, der ihr zur Verfügung steht, zustimmend zu nicken, aber da pflückt jemand Josephs Hände aus dem Gesicht von Kaspers Freundin. Kasper ist da, er legt seinen Arm um seine Freundin, und sie zieht sich nagetierartig dankbar in seine Achselhöhle zurück.

Der Notar wirft unterdessen den Mantel mit dem Kaninchenfellkragen ab und schleicht sich unauffällig vorbei und aus der Haustür.

Haben Sie hier einen verdächtigen Herrn gesehen?, fragt Joseph, und hält den Notar am Bademantelärmel fest. Der Notar entwindet sich, zieht die Schultern hoch und schüttelt den Kopf, fluchtartig verlässt er das Haus. Heiterheller Nebel zieht sich hinter ihm zusammen.

Denn der Tag ist ein freundlicher und sehr stiller Herbsttag.
Licht dringt, ganz Gold, durch den Dunst.
Das bemerkt sogar ein Blinder.

40.

Jetzt sitzen sie bleich um den Küchentisch und halten Kaffeetassen mit beiden Händen.
Keiner redet darüber, was das für ein Tag ist draußen, und alle tun, als sei nichts. Kaspers Freundin hat sich hinter die grüne Brille zurückgezogen, denn dort ist es still und beruhigend unklar.

Joseph beginnt, zu lachen und den Kopf zu schütteln.
Ich habe,
sagt er,
die ganze Nacht für eine bessere Welt gearbeitet, ohne Lohn und Anerkennung. Vielleicht sollte ich mir ein anderes Hobby suchen.
Ja,
sagt Kaspers Freundin,
ja, vielleicht, besser wäre das.
Joseph sagt:
Vielleicht liege ich ja auch völlig falsch.
Er sieht dabei Kasper an, von unten her, mit vorgeschobenem Unterkiefer, was unglatte Schatten in das glatte Gesicht bringt. Und Kaspers Freundin hinter der grünen Brille seufzt, unbegreiflich und abgrundtief.
Was ist denn?,
fragt Kasper ungerührt.
Halsweh.
Das geht vorüber!
Kasper schaltet das Radio ein.
Vielleicht liege ich ja auch einfach falsch,
sagt ganz müde jetzt wieder Joseph.

Die Nachrichten aus dem Radio kommen von weit her und berichten von einer Welt, in der Einigungen erzielt werden, irgendwo. Ein Misstrauensvotum wird ausgesprochen. Eine Kurve fällt und fällt, aber eine andere steigt. Programme werden entwickelt und verworfen. Und die Vokabeln GALOPPIERENDE ANÄMISCHE DEPRESSION fallen immer wieder, denn für irgendetwas scheint dies die beste Beschreibung zu sein. Und so weiter.

Joseph sieht an Kaspers Freundin vorbei aus dem Küchenfenster. Ihm ist so wehmütig zumute.
Alle,
sagt er dann noch gegen Widerstände in die Luft,
alle suchen doch nach ihren grünen, kühlen Gründen.
Ist das nicht so? Sagt doch was. Habe ich nicht recht?
Und alle trinken eine zweite Tasse Kaffee, und noch und noch eine. Kaspers Freundin raucht eine Zigarette und versucht, sich hinter der grünen Brille heimlich kühle, grüne Gründe vorzustellen, und die möglichen kühnen, kühlen grünen Wege dorthin, Tyrannenmord, Notlüge und ähnliche Situationen, Möglichkeiten oder Irrwege, aber kühn, und kühl, auch grün. Das steht ihr vor Augen, alles, und rutscht dann weg. Und nichts.
Nein,
sagt sie,
ich such nicht, du irrst dich. Alles ist ein großer Irrtum.
Und sitzt hülsenhaft, wieder ohne Gedanken und Alternativen. Joseph sieht sie an. Er öffnet den Mund und schließt ihn wieder, er öffnet ihn und schließt ihn.
Ich glaube,
sagt er dann,
dass ihr beiden euch nicht gut tut, gegenseitig.
Willst du noch Kaffee?,
fragt Kasper.
Und ihr werdet beide sterben,
sagt Joseph,

wenn ihr so weiter macht. Leuten wie euch zu helfen ist meine Berufung. Ich habe das trainiert.
Kasper beginnt, die Flächen in der Küche mit einem feuchten Tuch abzuwischen. Wo die Glasenuhr stand, die der violette Herr für die Geige mitgenommen hat, haben sich viele Krümel angesammelt und einige flache Käfer drücken sich in den Spalt unterhalb des Küchenfensters.
Und ich weiß genau, dass auch du in der Lage wärst, Leute zu retten, wenn du wollen würdest!,
sagt Joseph zu Kaspers Freundin.
Deswegen ist er ja auch mit dir zusammen!
Er deutet mit dem Kopf auf Kasper.
Aber ich habe trotzdem nichts gegen ihn,
sagt er,
und ich werde jetzt gehen,
sagt Joseph, und blickt Kaspers Freundin an, deren Blick durch ihre Brillengläser ins Leere geht.

Kasper nickt, wirft den Lappen in die Spüle, fasst Joseph an der Schulter und schiebt ihn aus dem Raum hinaus. Er drückt Joseph seinen Gerätekoffer in die Hand und öffnet die Haustüre.
Du weißt nichts,
zischt er klar und deutlich,
du kannst dir gar nichts vorstellen, weil du uns gar nicht kennst, und du weißt gar nichts. Verschwinde!

41.

Das sind viele Szenen, bei denen keiner von ihnen eine gute Figur abgegeben hat, und sie beschließen, alles einfach schnell zu vergessen, jeder für sich.

Folgendermaßen geht es also weiter:
Joseph lässt sich nicht mehr blicken und verzieht sich aus allen Gedanken.
Kasper hat einen Kater.
Der Notar will seinen Schal unter keinen Umständen zurück.
Kaspers Freundin trägt diesen Schal weiterhin.
Der Notar grüßt Kasper nur noch flüchtig aus der Ferne, irgendeine Spur an einer Hauswand verfolgend.
Kaspers Freundin, mit Schal und grüner Brille bekleidet, verlässt das Haus gar nicht.
Der Notar will sich eine neue Gruppe suchen, er will mit all diesen Menschen nie wieder etwas zu tun haben. Er bildet sich ein, Anzeichen einer GALOPPIERENDEN ANÄMISCHEN DEPRESSION im Nacken zu fühlen.
Kasper füllt eilig eine Postkarte aus, mit der man Mitgliedschaft in dem Verein beantragen kann, der für die Wiedereinführung der Hohenzollernmonarchie ist. Was soll schon schlimm sein an einer Monarchie?
Kaspers Freundin beteiligt sich an keiner Monarchie, nur am Nichts. Sie ist verletzt und störrisch.
Sie sagt, sie möchte jetzt nie wieder mit Kasper schlafen, aber Kasper hat ohnehin den Plan, viel für sich zu sein und viel zu üben.

Als hätte davon jemand erfahren, trifft die Zusage für den Job bei der Musicalproduktion und ein dickes Notenpaket bei ihm ein. In der Zusage steht: Sein Anschreiben und das mit dem All und dem Kaspischen Meer habe voll und ganz überzeugt, zudem gäbe es für Kasper Empfehlungen, die ein Vorspiel völlig unnötig machten.

42.

Und Kasper beginnt, Geige zu üben.

Kaspers Freundin sitzt ratlos auf der Chaiselongue. Sie kaut auf dem Zeigefinger herum. Über ihrem Kopf knarren Kaspers Wiegeschritte. Von den siebzehn Zigaretten, die sie nach dem Aufstehen in großer Eile geraucht hat, ist ihr übel.

Kasper steht im oberen Stockwerk. Er hat sich dort eines der weißen Zimmer zum Streichen wieder ganz leer geräumt, die Seestücke abgehängt und das kaputte Klavier in den Flur geschoben, das ist nun der Proberaum. Kasper stellt sich zum Geigeüben ans Fenster, erstmal. Himmel, logischerweise, heringsgrau. Oder blau. Sepia vielleicht. Atmen.
Ich übe hier,
denkt Kasper,
ich übe Geige, denn das ist ja, was ich tun wollte. Es ist sehr wichtig, eins nach dem anderen zu tun, und gründlich alles, es ist sehr wichtig, ja, alles gründlich zu tun und die Reihenfolge zu beachten.

Äste ragen zerfaltet und schwarz, Krähen zirkeln über den abgeräumten Feldern. Weit draußen. Und so weiter. Es geht los, und Kaspers Freundin schüttet sich zitternden Schnaps in ein Wasserglas.

Kasper macht sich ein großes Papier mit einer Zeichnung seines Übekonzeptes für die weiße Wand. Zunächst leere Saiten streichen, tagelang. Kasper wird sicher die Kontrolle über alles behalten.

Leere Saiten!
Kaspers Freundin wirft das Wasserglas mit Schnaps auf

den Flokati, sich die Ohren zuhaltend. So steht sie auf und läuft langsam herum, aufgeregt zugleich und verlangsamt, wie die Astronauten auf dem Mond.
Es scheint unfair zu sein, dass der violette Herr am Ende die Glasenuhr mitgenommen hat. Irgendetwas an diesem Geschäft scheint völlig windschief zu sein, denn durch die Wunde am Hals geht nun alles Leben aus ihr heraus.
Zeit! Dieses irre Ding! Der Herzschlag stockt.
Ich bin doch aber ganz aus Gold.
Kaspers Freundin greift sich ans Herz.
Hat Joseph gesagt. Ich kann alle retten, wenn ich will. Ich kann alles, was ich will.
Aber das Herz, es spielt nicht mit.
Sie schreit:
Kasper, ich sterbe!
Aber es fühlt sich nach nichts an.

Aber Kasper hört das natürlich nicht, denn er spielt innige leere Saiten aus der Luft und stampft und flucht zwischendurch, denn der Ton im Kopf ist anders als der außerhalb des Kopfes.

43.

Kaspers Freundin schiebt den Fernsehapparat, sehr langsam, mit dem ganzen Staub obendrauf und so weiter, von seinem Tischchen hinunter, und er zerspringt schnell, laut und endgültig. Er wird für immer kaputt sein.

Danach schlägt ihr Herz wieder in alter Manier und sie sitzt demütig auf der Chaiselongue, während Kasper ruhig um den kaputten Fernseher herumgeht.
Ich hasse dich,
sagt er dazu und kaut an einem Schinkenbrot, denn er muss sich von dem anstrengenden Üben stärken. Kaspers Freundin nickt. Sie versteht das. Sie nickt verständnisvoll, aber:
Ich hasse dich,
sagt Kasper noch mal, und trinkt blitzschnell und vor ihren Augen eine Tasse Kaffee hinterher, ohne zurückzunehmen, was er da gesagt hat.
Danach lässt er sich heißes Wasser über die Handgelenke laufen, eine Angewohnheit aus der Kindheit.
Diese Dinge dieser Welt,
sagt er sich,
gleiten wahrscheinlich an mir ab.
Dann geht er wieder ins Obergeschoss. Seine Freundin schmeißt ihm eine Kaffeetasse hinterher, und Kasper beschäftigt sich, ganz ruhig, alle Bewegungen in sich, sehr kontrolliert, zufrieden mit seiner Methode um der Methode selbst willen, mit Doppelgriffen.

Die lieben großen Terzen, beispielsweise. Und die kleinen Terzen. Kaspers Freundin behauptet jetzt, leider keine Zuhörer da, laut, nichts, gar nichts, für Harmonien zu empfinden, und auch für Kasper nicht und überhaupt für gar keinen Menschen auf der Welt, denn sie hat jetzt alle Menschen aufgegeben.

Außer vielleicht den violetten Herrn. Den wird sie, denkt sie sich, von seiner Violettheit schon retten.
Sie stößt schon wieder den Zeigefinger in die kleine Wunde am Hals. Der Gedanke, unmusikalisch und unemotional zu sein, durchschauert sie. Und lässt sie kalt. Nur die Erinnerung an den violetten Herrn reizt sie plötzlich bis zur Ohnmacht.
Was tun?

Das Zerstören des Fernsehers liegt nun schon weit zurück. Kaspers Freundin lässt sich heißes Wasser in die Badewanne ein.
Es ist doch total alles sinnlos.
Vielleicht tot kochen,
denkt Kaspers Freundin kalt, in die Wanne steigend, vielleicht ertrinken.
Sie taucht den Kopf unter Wasser. Ihre Hände sind sehr kalt und ihr Orgasmus ist, verblüffender Weise, ebenfalls total kalt. Kaspers Freundin beschließt, nie mehr aufzutauchen.
Denn alles soll sich ändern,
ruft sie, leider ohne Publikum, unter Wasser, und sie wünscht sich:
Alles soll so bleiben, wie es ist.

Dann ist sie tot wie ein roter Hummer oder eine ertränkte Katze, tot wie ein Stein. Und ganz violett.

Erde drauf! Kasper legt einen Strauß blasse Anemonen auf ihr Grab. Das ist ausnahmsweise frühlingshaft, die Welt macht eine Ausnahme und schenkt ihnen einen frühlingshaften Tag für den Termin der Beerdigung seiner Freundin mitten im Winter.
Soll zeigen:
Kaspers Freundin war ein großer Versuch.
Die Größe dieses Versuchs ist unbedingt zu würdigen.
Ende.

Quinten.

Neuanfang, weil in anderen Kulturkreisen und so weiter, das muss bedacht werden:
Mit einem sehr langen, knochigen Arm, steifgelenkig, knarrend, langt Kaspers Freundin aus dem Grab hinaus und zerrt damit an Kaspers Hosenbein herum, was ihr große Freude macht, so dass Kasper vor Schreck fast die Geige fallen lässt, die er auf dem Friedhof freilich dabei hat, eng bei sich …

Ach, und Quinten, Quinten, Quinten und ein herber Stoß:

Rotkehlchen, Blaumeisen, Amseln und andere Vögel lärmen in diesen schönen Tag hinein, Maikäfer, Junikäfer, Julikäfer und andere Insekten summen durch die schöne, durchsichtige Luft, da erscheint ein junger Mensch namens Joseph auf der Bildfläche, welche die Beerdigung von Kaspers Freundin so hervorragend illustriert.
Zunächst betreten und friedlich nach Tee duftend schaut er um sich, dann reißt er den Mund auf und spricht gellend vor dem verwirrten Rest der Beerdigungsteilnehmer, was sind: Kasper, der mit dem aus der Erde ragenden Arm seiner Freundin kämpft, der Vater von Kaspers Freundin, der unzuverlässig ist und keinen schwarzen Anzug auftreiben konnte, aber eine Baumbeerdigung bezahlt hat, unter irgendeinem Baum, wo wir gerade sind, der Notar, der Bäcker. Eine Bekannte aus der Stadt. Zwei Feinde aus der Schulzeit. Ein junger Vertreter des Hohenzollernvereins, der Werbematerial verteilt.
Vor diesen allen spricht Joseph, kein Freund von Halbheiten, diese Worte:
Oh weh, oh weh! Es war Winter, einmal. Und klirrend. Und alles geht immer so schnell an der Zeit entlang. Es

gibt Elemente in dieser Geschichte, man könnte sagen: Alles hat seine lichten kühlen Gründe. Alles hat seine langen, kahlen Schatten. Wir können das nicht durchdringen. Ein Straßenmusiker könnte, ein Physiker und ein Gräzist im besten Alter vielleicht, Wissenschaftler eben, die kennen nämlich möglicherweise passende Analogien aus anderen Räumen, vor einer lautlos funktionierende Heizung. Was eine Flasche Wodka könnte, das ist kristallklar, mehr ist dazu nicht zu sagen. Mehr benenne ich nicht. Ich bin ein Mann der Zahlen und Fakten, und mein Hobby ist das Kommunizieren mit Geistern und das Jagen von Wiedergängern, auch Werwölfen seit Neuem, aber ich zweifle daran, dass es welche wirklich gibt, ich bin zudem ein Mann der Taten, ich benenne nicht und dazu stehe ich. Und ich stehe zu dem ausgesparten Höhepunkt unserer, ich nenne sie, Liebesgeschichte. Eine schöne Geschichte. Eine traurige Geschichte. Wir sind in diesem ausgesparten Höhepunkt auf eine Plattform gestiegen. Diese Plattform ist der grüne, klare kühle Grund unserer Geschichte, und er liegt hoch, fast in den Wolken, nah an der Wahrheit dran. Der Rest bleibt ausgespart. Gestern. Heute. Morgen. Geschichte jedenfalls kann man das nicht nennen, aber vermutlich handelt sie von der Einsamkeit und wiederum von der Einsamkeit. Ich verfluche euch alle! Weil ihr es seid, die zulasst, dass Werwölfe und Wiedergänger, Kriegsgespenster und andere frustrierte Professoren unsere Leben aufessen und sie das eifrige, helle Licht austrinken lasst, das doch auch für mich bestimmt ist! Oh weh, oh weh, wehe!

Septen.
Kaspers Freundin kann Wasser atmen, ganz ohne Kiemen. Was für ein ulkiges, dissonantes Gefühl!

Oktaven.

Die Beerdigungsgesellschaft geht, Ende, Neubeginn, heut auch nicht in der Kneipe ZUR HALTESTELLE essen, sondern in dem Restaurant ZUR WEISSEN FRAU. Das liegt eher stadteinwärts, wenn man es mal braucht, und ist der einzige Ort, an dem man noch original essen kann: Leber nämlich, Darmwände, Flatterzunge, Niere, Herz und Hirn. Blut und Wein. Man isst beieinander, und dann wieder nicht. Und so weiter. Aber immer wieder.

Und viele, viele, viele, viele kleine Terzen noch mal: Kaspers Freundin denkt an Blutblümchen auf Wellblech. Und denkt irgendwelche Beats, nämlich Halsschlagadern. Die sich aufbäumen und beruhigen. Bäumen, und wieder beruhigen.

Ich mache Feierabend,
verkündete Kasper, ganz freundlich jetzt, das Badezimmer betretend. Das Fenster steht offen, und draußen fällt gerade der allererste Schnee vom Himmel. Vom Dampf haben sich Eisblumen auf dem Spiegel gebildet, während sich Kaspers Freundin unter Wasser befindet. Ihr Füße liegen, ziemlich käsig aufgequollen, auf dem Rand.

Naja. Sie wird schon wieder auftauchen.
Kasper, dem ja die Dinge der normalen Welt nichts anhaben, denn er weiß jetzt wieder, wie alles geht und wie man sich über die normale Welt völlig erhebt, führt dem kalten Raum Lockerungsübungen vor.
Es ist so,
erzählt Kasper,
der Kopf weiß, die Finger wissen auch, aber die Muskeln sind weg, die Griffe zehren irgendwie so an mir, heute. Aber ich bin gar nicht verzweifelt, nicht traurig, falls du das wissen möchtest, es ist eher so ... Hallo, kannst du mich hören, da unter Wasser?

Kein Laut, nichts regt sich, nur die Eiskristalle knistern leis in der Luft, sensible Gemüter könnten das wahrnehmen. Kasper tritt an die Wanne heran. Das Gesicht seiner Freundin liegt vielleicht eine Handbreit unter dem Wasserspiegel, der ganz glatt ist, die Nase breit gezogen, der Mund, sie hat Querfalten auf dem Bauch. Die Haare schweben leichenhaft weich.
Es ist schwer, mit jemandem zusammen zu sein, der jede Minute genauso gut aus dem Fenster springen könnte. Der tot in der Badewanne liegen könnte. Es ist nicht leicht.
Kasper steht lange da mit offenem Mund, in dem sich die kalte Luft sammelt, lautlos, atemlos. Dann sagt er den Namen seiner Freundin zu dem Badewasserspiegel. Kräuselbewegung kommt in ihr Gesicht. Kasper sagt den Namen seiner Freundin noch einmal, dann greift er nach ihren Schultern und zieht sie behutsam daran nach oben, bis hinten der Fuß ins Wasser plumpst. Kaspers Freundin lässt sich ganz leicht und weich bewegen. Beweglichkeit in den Gelenken ist eine Tugend. Sie öffnet die Augen und richtet sich selbst ganz auf.
Da bist du ja,
sagt sie, und steigt aus der Wanne,
die Heizung scheint kaputt zu sein.
Sie zeigt auf die Eisblumen auf dem Spiegel, setzt ihre grüne Brille auf und geht nackt, nass und zeitlupenkalt an Kasper vorbei, ganz ohne ihn zu berühren. Sie registriert nämlich deutlich, wie sie angeflutet wird von gewissen Sachverhalten. Die Sachverhalte sind so:
Kasper ist sehr warm, trotz seiner knöchernen Art. Und mädchenhaft jung.
Kasper fragt:
Wieso läufst du denn so komisch?
Kaspers Freundin hält die Luft an, schweigt, um nicht die Konzentration zu verlieren unter diesen Umständen.
Die Umstände sind so:

Sie ist nicht gestorben, nicht an der Hitze, nicht unter Wasser. Sie ist nicht tot, aber richtig gut fühlt sie sich auch nicht.
Wer wird diesen Spuk je vertreiben?
Das denkt sie sich, und steigt in Zeitlupe die Treppe hinunter. Sie spürt, dass Kasper ihr gefolgt ist und sie anstarrt, von hinten.
Du solltest dir etwas anziehen, du bist eis, eis, eiskalt! Ich spüre das von hier aus!
Dass er das Wort eis gleich dreimal sagt, macht nichts daran besser oder schlimmer.
Ja.
Dann verriegelt sie die Tür zum Schlafzimmer, legt sich, wie sie ist, aufs Bett und steht lang nicht mehr auf.

Kasper muss auf der Chaiselongue schlafen, womit er sich einen Schmerz im Nacken einhandelt, der beim Üben nicht hilft.

44.

Vom Hohenzollernverein kommt übrigens bald ein Päckchen mit antiker Kleidung für Kasper. Für seinen Job beim Musical. Er probiert das an und spürt plötzlich, wie sich seine Freundin irgendwie geräuschlos in den Türrahmen geschlichen hat. Er dreht den Kopf nach ihr.
Du solltest mir verzeihen, dass ich den Fernseher kaputt gemacht habe,
sagt sie bleich,
weil schau, jetzt wird ja alles gut, wo du deine Geige wiederhast, was du übrigens mir verdankst. Und eh, du hast mir sowieso schon soviel verziehen. Und ich hasse den Fernseher.
Kasper zurrt die Fliege fest bis sein Kopf rot anläuft. Ein beruhigendes Gefühl.
Du solltest etwas anderes anziehen, zur ersten Probe. Sie werden denken, dass du verrückt bist. Zieh dir was Normales an! Oder bleib hier, ich fühle mich gar nicht gut. Ich mach dir überbackene Brote und wir sehen einen Film im Fernsehen ... Oh, bist du mir noch böse, dass ich den Fernseher zerstört habe? Ich hole dir einen neuen, heute, dann ist alles wie vorher, ok?
Kasper holt tief Luft und antwortet nicht. Kasper geht hastig, weil er aus den Augenwinkeln sieht, dass seine Freundin nach irgendetwas greift, irgendetwas in der Luft schwingt und nach ihm zielt.
Hand in Hand werden wir ins Licht gehen, wir beide, Hand in Hand, und so weiter! Zu einem grünen, kühlen und ganz vernünftigen Grund!
Kasper beginnt zu rennen, sobald er das Haus verlassen hat. Im Geigenkasten klappert irgendetwas. Und das Echo im Kopf:
Erden wir ins Licht gehen, Hand in Hand, ins Licht, Licht, Icht. Ünftigen Grund, und und und und.
Später fällt der allererste Schnee, der liegenbleiben wird, in diesem Winter.

45.

Und Kaspers Freundin schreibt etwas, in der Zwischenzeit, aus dem Nichts, in dem sie sich befindet heraus, schreibt sie plötzlich etwas.
Sie schreibt:

Die Handlung des Musicals, in dem Kasper Geige spielte, ging so:
Ein Mann und ein Mädchen lernen sich auf einem Ball kennen. Auf dem Ball tragen alle Leute hohe Hüte und gehen recht hochachtungsvoll miteinander um. Sie tanzen zu ziemlich modernen Menuetten, schmeißen die hohen Hüte in die Luft und essen Hummermayonnaise. Der Mann ist klug, reich und gebildet. Sein allergrößtes Interesse gilt der Literatur und dem Kino. Er ist äußerlich beliebt, innerlich aber einsam. Er ist eine reine Seele. Er tanzt ein Solo. Er tanzt mitten in das moderne Menuett hinein. Tanzt so ein Solo, dass alles nur so auseinanderspritzt. Sein Solo ist neu, einsam, radikal. Der Mann singt. Das Mädchen hingegen verlor seine Seele bei schmutzigen Geschäften vermutlich im Internet, und ist nun nach ihr auf dem Ball mit den Leuten mit den hohen Hüten auf der Suche. Sie ist schön. Ihr Haar ist blau. Sie irrt durch die Gesellschaft wie ein freies Radikal. Sie ist ziemlich wirr. Sogleich fällt sie dem kulturell versierten, seelisch reinen Mann, der nach seinem Solo einen Drink braucht, ins Auge. Sie fällt ihm ins Auge. Er fällt ihr ins Auge. Sie tragen gut zueinander passende pastellfarbene Kostüme, eine Pastelligkeit, die durch schwarzes Leder und Nieten durchaus durchbrochen wird. Auch das passt ziemlich gut. Sie sehen sich. Sie hören sich. Sie sind erleuchtet. Sie gehen in einer kunstvollen Schrittfolge aufeinander zu. Doch

da kommt etwas dazwischen: Rosa und violette Kringel kreisen um sie. Man versteht es nicht ganz. Die Gesellschaft mit den hohen Hüten hält sich angenehm im Hintergrund. Ein Sternenhimmel blüht Ende des ersten Aktes. Sie gehen in einer kunstvollen Schrittfolge aufeinander zu. Das Mädchen spürt, dass es von all den Themen, die dem klugen, gebildeten und kulturell versierten Mann wichtig sind, keine Ahnung hat. Während der kunstvollen Schrittfolge, in welcher sie sich einander nähern, überlegt es sich eine Strategie. Sie beschließt, immer, sobald das Thema auf etwas Kulturelles zu sprechen kommt, zu behaupten, dass sie auf einer einsamen Insel aufgewachsen ist. Nachdem der Mann dem Mädchen Komplimente für ihr Kleid und ihr Haar gemacht hat, bringt er das Gespräch auf ein kulturelles Thema. Sie sagt, dass sie ohne Kultur aufgewachsen ist, da sie von einer Insel kommt, auf der es nur sieben Häuser gibt. Die Insel heißt Bohoskag. Also war sie noch nie im Theater, noch nie im Kino und kennt die aktuellen Neuerscheinungen alle nicht. Auf Bohoskag gibt es nichts. Nur ab und an brechende Dämme. Das Orchester ahmt diese brechenden Dämme gut nach, und der kulturell versierte Mann verliebt sich im Folgenden Hals über Kopf in das Mädchen. Auch dem spürt das Blech hinterher. Er beginnt, eine Reihe Fragen über das Leben auf der einsamen Insel zu stellen. Ob es romantisch sei, auf einer so abgeschiedenen Insel zu leben, ob sie einen gesunden Kontakt zu sich selbst und dem Leben habe, ob sie gut im Angeln sei, ob es auf Bohoskag denn DSL gebe, und so weiter. Das Mädchen beantwortet all diese Fragen intelligent, gesund und mit einem silbernen Glitzer, der von oben herabgeregnet kommt. Ende des zweiten Aktes. Sie treffen sich wieder und erleben eine glückliche Zeit. Die Zeit ist glücklich. Es ist eine Sommerzeit. Das Mädchen und der kulturell versierte Mann vögeln viel. Sie wird seinen Eltern vorgestellt. Sie planen einen Urlaub auf Bohoskag. Sie erklärt, dass sie ja bislang mit Bohoskag nicht ausgesöhnt war, dass sie es sich aber nun gut vorstellen könne, auf die Insel zurückzukehren. Wegen ihm. Mit ihm! Sie wird eine vielschichtige, durch und durch beseelte Persönlichkeit. Sie lernt das Kino kennen, und die Literatur und so weiter. Sie tanzt so schön wie der sterbende Schwan. Sie wird eine anerkannte Literaturkritikerin. Ende des dritten Aktes, Pause. Am Vorabend der Hochzeit aber gesteht das Mädchen dem Mann, dass es in echt doch gar nicht von der Insel käme. Draußen setzt ein Gewitter ein. Das Mädchen erzählt ihm, dass es eine Immobilienmaklerin sei, die ihr ganzes Geld und ihre Seele im Internet verloren habe. Sie gibt zu, dass sie deshalb keine Ahnung von Kultur habe, weil sie innerlich leer und seelenlos gewesen ist und dass eine Insel namens Bohoskag obendrein gar nicht existiert. Ein Fantasiewort. Aus der Luft gegriffen. Der kulturell versierte Mann kann es nicht fassen und singt traurig. Er singt: Nun hast du alles kaputt gemacht. Während sie ihm zu erklären versucht, dass sie nun mit einer Seele versehen, aufrecht und gut geworden ist, und ihn wahrhaft liebt und sich auf die Hochzeit freut, trennt er sich von ihr. Obwohl es ja dann besser gewesen wäre, sie hätte ihm das einfach verschwiegen. Aber hat sie nicht. Und nun ist es, wie es nun einmal ist. Beide fallen in ein Loch. Beide fallen tief. Er nimmt Drogen. Sie beginnt wieder mit Internetgeschäften. Ende des vierten Aktes. Ganz zufällig treffen sie sich wieder. So treffen sie sich wieder: Dunkel gekleidet nämlich. Neonfarben durchbrechen das Dunkel. So bleiben sie sich gegenseitig und dem Zuschauer sichtbar. So gehen das Mädchen und der Mann von unter-

schiedlichen Seiten aufeinander zu. Sie bleiben voreinander stehen. Sie sehen sich. Sie hören sich. Etwas ist für immer kaputt. Aber da erscheinen wieder die Männer mit den hohen Hüten, und ein Sternenhimmel erscheint, und es findet der Ball statt, bei dem alle hohe Hüte aufhaben, und hochachtungsvoll miteinander umgehen, usw.

All diese interessanten Informationen für ihren Text über Kaspers Leben findet Kaspers Freundin in der Partitur zu dem Musical, die Kasper zu Hause liegen gelassen hat, als er zur Probe ist. Sie will das nicht aus den Augen verlieren, trotz der Herzenskälte.

Wegen der Lust und der Einsamkeit beißt sie in ein paar Entenleberpastetenbrote. Sie beißt je einmal hinein und betrachtet lang und versunken und ziemlich fasziniert den Abdruck ihrer Zähne im Brot. Dann wirft sie das Brot aus dem Fenster. Soll der Bäcker es doch morgen dort im Schnee finden. Ihr doch egal, ist schließlich bezahlt. Die Straße, der Neuschnee, alles ist ganz nah und klar da draußen, und die Menschen sind so als Wärmequellen hinter den Mauern wahrnehmbar, Mauern hinter den Mauern, und sie denkt vieles gründlich durch.
Ihr ist, als habe er etwas vergessen, der violette Herr, und als würde er wieder zurückkommen.
Sie ist sich sicher.

46.

Die Kapelle des Musicals besteht ungefähr aus fünf Geigen, zwei Bratschen, sieben Celli, einem Horn, einem Kontrabass, zwei Flöten, einer Piccoloflöte, einer Tuba, einem Fagott, einer Pauke, einem Synthesizer, drei Posaunen, und so weiter.
Eine wichtige Rolle spielt auch ein dünner, silberner Computer, der ein beängstigendes Tosen und Klicken erzeugen kann. Das wird Kasper bei der ersten Demonstration zunächst nah an eine Ohnmacht bringen. Er beginnt arg zu zittern und zu schwitzen, denn diese hohen und ins Unendliche gespiegelten Töne werden einiges aus der Vergessenheit hervorholen. Zum Beispiel, wie er einen Bademantel des Großvaters um die dürren Hüften trägt und mit zerschnittenen Knöcheln durch den Schnee geht, durch den Schnee, mit zerschnittenen Knöcheln.

Allen Beteiligten wird ordentlich Geld für die Proben versprochen, denn man wird ausdauernd arbeiten, konzentriert und anders, frisch. Keine Tiere sterben für diese Produktion. Kein demokratiefeindliches Gedankengut geht über die Bühne.
In der Musik streiten sich lediglich Romantik und notwendige, die Sachverhalte erläuternde Töne miteinander. Dahinter steht ein großes Rätsel, das der Zuhörer nicht aufdröseln kann, welches ihn aber bei der Stange hält und welches das Werk zu wahrer Kunst macht.
Der Text ist angenehm voll mit anspruchsvoller Lyrik sowie Tür-auf-Tür-zu-Spielchen.
Das Ganze trägt ein leichtfüßiges Gewand.
Alles hat Körper.

Kaspers Pultnachbar ist ein grober, dunkler, ordentlich schweißelnder Jüngling. Zart ist Kasper und verletzlich, denn er hat seine Noten zuhause vergessen. Er fragt sich, ob er genug geübt hat. Ob sich alle geirrt haben, der Großvater, der Professor, der Hohenzollernverein, was sein Geigenspiel angeht. Düster starrt Kasper vor sich hin und auf die Noten, die da liegen. Der Pultnachbar hat diese mit solchen Fingersätzen versehen, die zu großen Händen gut passen, natürlich. Kasper aber hat ja sehr kleine, zarte und biegsame Finger. So sieht das aus. Kasper möchte das alles irgendwem erzählen, aber keiner fragt nach seinen Fingern. Es interessiert niemanden.
Die Instrumente werden gestimmt, dann geht es los, im Originaltempo, und was das Originaltempo angeht, hat sich Kasper bisher gründlich verschätzt und seine Hände zittern. Die Geige verstimmt sich permanent und in alle Richtungen.
Kasper beobachtet aus den Augenwinkeln, wie die Finger seines Pultnachbarn sich bewegen. Er versucht, zu zählen, und seine Geige heimlich nachzustimmen an Stellen, wo das, wie er vermutet, von keinem bemerkt wird.

Aber eine Bratschistin lächelt unvermittelt ganz lieblich zu ihm herüber. Sie lächelt penetrant, also wagt Kasper, zurückzulächeln, was schwierig ist, denn er möchte seine Notenzeile dabei nicht aus den Augen verlieren.
Synkopen,
sagt die Bratschistin deutlich.
Wie bitte?
Synkopen! Also hör nicht auf mich.

Und Kasper findet die Musik und deren Aussagen plötzlich sehr schwierig. Sehr, sehr schwierig, diese neblige Hohenzollernmusik. Neben sphärischen Episoden, die den Geist

des kulturell versierten Herren spiegeln, gibt es da auch viele zwar äußerst schwungvolle, aber rhythmisch vertrackte Stellen. Chaos teilweise, nichts als Krach.
Bohoskag,
ist den Musikern geheißen, an einer gewissen Stelle des Stückes laut zu rufen. Das beispielsweise gehört haargenau synchron, und man schießt dazu in die Höhe und klatscht in die Hände.
Wie soll man das hinbekommen?
Schon sitzt man wieder, mit angelegtem Instrument, und weiter geht es, dissonant und knallend, wie in einem Horrorfilm, nur Kasper steht noch, und tut, als würde er dabei auf eine eigentümliche Art Recht haben, und lässt die Geige leicht in der Hand baumeln.
Leider läuft er rot an dabei.

Die Notenzeilen rauschen vorbei. Jeder falsche Ton plärrt herum und verrät Kasper.
Jetzt beginnt,
denkt er,
dass sich alle verstohlene Blicke zuzuwerfen, mit erhobenen Augenbrauen.

Fis,
sagt jemand.
Wie bitte?
Fis!
Ach so.
Immer noch!
Was?
Fis. Immer noch Fis!
Ach ja, Verzeihung!
Ich sage: Fis!
Ja, ja!

Und lieblich lächelt die Bratschistin herüber, und er spielt endlich Fis, aber,
jetzt ohne Kreuz,
sagt die Bratschistin,
jetzt kein Fis mehr!

47.

Und da kommt der violette Herr daher im Dunkeln.
Hager ist er.
Kaspers Freundin weiß schon, dass er es ist, denn sehr hat sie sich gewünscht, dass er käme.
Sie öffnet ihm die Tür zum Haus von Kaspers totem Großvater weit und lauert in der Diele herum, ins Dunkle blinzelnd. Der violette Herr tritt ein.
Wie wird es weiter gehen?
Der violette Herr sagt nichts und drückt ganz selbstständig auf den Lichtschalter. Beide starren mit erhobenen Köpfen ratlos und sehr verlegen auf das Energiesparrondell.
Es beschert eine kurze, nicht sehr tiefe Befriedigung.
Eine Sehnsucht nach Schmettern, nach Quetschen, nach Anfassen, Haut und Blut beginnt, in Kaspers Freundin herum zu löffeln. Kaspers Freundin macht den Mund auf, um etwas zu sagen, beide heben sie gleichzeitig an, zu sprechen. Und beide setzen ab, beide schweigen, beide betrachten das penetrant süße Licht.
Es ist ganz hübsch, nicht wahr?
Kaspers Freundin ist so blass, dass sie eigentlich durchsichtig ist.
Der violette Herr legt seinen Mantel ab.
Ich hatte Geschäfte zu erledigen,
sagt er und hebt unschlüssig die dürren Achseln,
in der Gegend,
er zittert,
ich fühle mich aber nicht gut,
sagt er.
Wollen Sie eine Zigarette?
Der violette Herr nickt, sie rauchen schweigend und schauen sich gegenseitig an, von der Seite, ganz unabsichtlich. Vom Kopf bis zu den Füßen. Die ganze Gestalt.

Der violette Herr trägt ein Hemd, auf dem unzählige bunte Buchstaben abgebildet sind, die dabei aber niemals auch nur ein einziges Wort bilden, was Kaspers Freundin gut gefällt. Und die violette Farbe des Herrn insgesamt fällt ihr auf, und wie er hässlich ist darunter, und es fühlt sich alles friedlich an, in ihr, und voller Zuversicht näselt sie:
Schönes Hemd!
Der violette Herr nickt:
Von einer Wohnungsauflösung,
sagt er. Sie nickt, nickt ganz eifrig:
Sind Sie oft auf Wohnungsauflösungen?
Gehört zu meinem Beruf!
Der violette Herr ist stolz auf sein Hemd. Der violette Herr starrt sie an. Er starrt auf ihren Hals.
Kaspers Freundin fragt nicht nach seinem Beruf. Sie sagt:
Wissen Sie, dass Sie ganz violett aussehen, hat Ihnen das schon einmal jemand gesagt?
Der violette Herr nickt.
Violett,
erklärt er mit dünner, aber gerader Stimme,
umfasst jene Farbreize, deren Absorptionsmaximum am kurzwelligen Ende des sichtbaren Lichtes vom UV bis etwa vierhundertzwanzig Nanometer heranreicht. Licht mit dieser Eigenschaft kann auch als Körperfarbe remittiert sein.
Kaspers Freundin versteht das nicht, teilt aber seine Ansicht, zustimmend nickend, und merkt sich die Worte Absorptionsmaximum und remittiert. Sie raucht und schaut auf das Energiesparrondell.
Kommen wir zum Eigentlichen,
sagt der violette Herr,
ich bin hier, um ...
Ich freue mich so sehr,
unterbricht Kaspers Freundin,

über Ihren Besuch. Ich habe Sie erwartet. Ich werde Sie retten, und dann retten Sie mich.
Es hört sich gut an, findet sie, wie sie spricht.
Retten?,
fragt der violette Herr und unerwartet kichert er trocken kurz, seine schwarzen Zähne entblößend. Kaspers Freundin fühlt sich rot werden unter ihrer Blässe.
Ich meine, helfen. Helfen, meine ich. Sie wollen doch? Ich weiß, Sie sind allein, auch.
Was ist denn genau mit allein gemeint?
Na allein! Einsam! Einsam meine ich! Und die Einsamen müssen sich zusammentun, verstehen Sie!
Der violette Herr hebt die Achseln und will etwas sagen, aber:
Aber!,
ruft Kaspers Freundin laut,
Dieses Randmäßige an Ihnen!
Randmäßig?
Ich meine,
überlegt Kaspers Freundin,
ich meine irgendwie: Diese Sehnsucht! Diese Sehnsucht, die meine ich doch, die damit einher kommt ... plötzlich sehne ich mich so!
Sie fühlt sich ganz richtig auf einem hohen, steilen Pfad wandeln. Links und rechts stürzen die Felswände herab, nur sie geht, energiesparrondellbeschienen, ganz allein, und richtig.
Was meinen Sie mit Sehnsucht?,
fragt der violette Herr unbeteiligt.
Ich glaube,
formuliert Kaspers Freundin herum,
wir haben doch etwas gemeinsam. Auch Sie haben Sehnsucht, nach Geselligkeit zum Beispiel, und auch Sie greifen mit Ihren Rändern, Ihren inneren Rändern, nach Taglicht, nicht wahr?

Der violette Herr zögert, er nickt, er kichert.
Ja. Sie wollen sagen, Sie sehen es als eine Art Behinderung?
Ja!
Der violette Herr wird plötzlich ernst, er seufzt tief, schüttelt langsam den Kopf und beginnt wieder, ins Licht zu starren. Kaspers Freundin wartet, dass er sich noch einmal regt, bevor sie sich ebenfalls wieder ins Licht fallen lässt.
Also,
resümiert, nach langer Betäubnis, der violette Herr dann, verstehen Sie mich nicht falsch, aber einiges läuft hier völlig verkehrt, ich meine, Sie haben meine Geschäfte durcheinandergebracht, und Sie verwechseln alles.
Ich wollte nicht!,
ruft Kaspers Freundin laut, und der violette Herr hebt beschwichtigend die Hände,
Lassen Sie uns ins Wohnzimmer gehen
Kaspers Freundin nickt, aufgeregt und verlangsamt, und folgt dem violetten Herrn, der sich, die Schuhe abstreifend und die Socken, auf der Chaiselongue niederlässt.

48.

Bald wird Kasper beiseite genommen und ein Konzertmeistergeiger mit Geheimratsecken sagt ihm ernsthafte Worte über seine Intonation,
und auch, zu Kaspers Erstaunen, sagt er:
Sie sind ja eher so der nachlässige, schlaffe Typ, daher kommt es, dass Sie solche Probleme mit dem Rhythmus haben. Aber Sie hören doch gut?
Ja, ja,
sagt Kasper,
das sind nur die Muskeln, Sie müssen wissen, meine Geige ...
Was war das mit dem Fis?
Oh, das war die Nervosität!
Gut, aber der Rhythmus, der Rhythmus, das auch!
Ich werde mich ändern!
Ein mutiger Ton kann einem helfen, wissen Sie, so ein raffinierter, mutiger Ton, um über die heiklen Stellen hinwegzutragen, da müssen Sie sich schon ändern, das ist richtig erkannt. Wissen Sie, nun ja, Sie wissen das sicher: Da ist zuerst der Mut, der Ton da, und dann wächst man technisch über sich ... Aber Sie hatten ja sicher schon mal einen Lehrer?
Ja, freilich.
Nun, die Grundlagen, das kann ich natürlich jetzt nicht sofort alles mal eben so nachholen, arbeiten Sie daran!
Der Konzertmeister dreht seine linke Hand um eine unsichtbare Achse und wackelt mit den Fingern.
Kasper atmet artig und wippt in den Knien.
Ich kann Ihnen, solange Sie nicht einigermaßen dabei sind, leider keinen Lohn überweisen,
sagt der Konzertmeister.
Er beugt sich vor und flüstert:
Das ist eine einmalige Chance, sich in die Welt zu integrieren, vergessen Sie das nicht!

Hier mischt sich der Kontrabassist ein. Er trägt einen gezwirbelten Bart und sagt zu Kasper:
Und außerdem müssen Sie lernen, ein lustiges Gesicht zu machen, oder ein strenges. Eine Haltung sollen Sie sich angewöhnen, egal welche!
Er ist ein unangenehmer Mensch, und Kasper weiß nicht, wie das gemeint ist, was er da spricht:
Denn sehen Sie, es ist doch alles ganz leicht! Das Singen eines Kindes! Es ist: Gesundheit! Diese Musik ist Gesundheit!
Solche Sachen sagt der Kontrabassist und klopft zufrieden auf dem Korpus seines Kontrabasses herum, als sei das eine Bongo-Trommel, und die Bratschistin lächelt lieblich, und Kasper weiß nicht, ob zu oder über ihn, oder wer überhaupt gemeint ist.

Alle nehmen jetzt wieder Platz, um sich zunächst die seltsamen, modernen Menuette vorzunehmen, zu denen später auf der Bühne die hohen Hüte der Tanzenden geschwenkt werden sollen.

Alle Beteiligten scheinen große Fans dieses Musicals zu sein.

49.

Sie sehen prima aus,
sagt der violette Herr auf der Chaiselongue zu Kaspers Freundin. Er schaut verloren auf ihren Hals, und streckt dann die Hände nach ihr aus.
Halt,
ruft sie. Sie reagiert schnell und hält die Arme des violetten Herrn an den Handgelenken fest. Sie fühlen sich kalt, dünn und knisternd an, und überraschenderweise leistet er kaum Widerstand.
Halt, halt!
Der violette Herr hält inne, senkt den Blick, senkt die Arme, schnauft heftig und unregelmäßig, etwas schnürt ihm die Kehle zu, er droht, in Ohnmacht zu fallen.
Was ist mit Ihnen los?,
fragt Kaspers Freundin,
Sie wollten mir etwas erklären, und jetzt wollen Sie mich beißen! Dabei haben Sie mich schon gebissen. Warum nur?
Der violette Herr zündet sich eine Zigarette an und raucht nervös.
Beide sind still.
Sind Sie einsam?,
fragt er dann Kaspers Freundin.
Nein,
sagt sie,
aber meine Therapeutin hat gesagt, ich könnte es werden.
Der violette Herr schüttelt die Glatze. Etwas ist durcheinandergeraten.
Kann ich Ihnen helfen?,
fragt Kaspers Freundin mitleidig.
Er knackt mit den Fingerknöcheln.
Dass ich Sie gebissen habe, an jenem Abend ... das war

unbeherrscht. Es tut mir leid.
Sie haben Ihre Lehrerrolle ausgenutzt!,
sagt Kaspers Freundin streng und denkt an ihre grüne Brille.
Der violette Herr schüttelt ungeduldig den Kopf.
Sie waren eigentlich nicht gemeint, es war nicht vorgesehen, dass Sie da sind. Obwohl ... obwohl es mich natürlich gefreut hat, Ihre Bekanntschaft zu machen.
Sie wollten eigentlich Kasper beißen?,
fragt Kaspers Freundin fasziniert. Der violette Herr nickt. Sie rückt vom violetten Herrn ab, aber das ist eher Schauspiel.
Sie sind die GALOPPIERENDE ANÄMISCHE DEPRESSION!
Ja. Und Sie, Sie wollen doch auch nicht ewig in diesem untoten Zustand bleiben oder?
Was?
Sie sind nicht lebendig, aber richtig tot sind sie auch nicht. Sie sind gar nichts!
Und Sie?
Ich bin violett.
Kaspers Freundin nickt verständig.
Ich auch,
sagt sie,
wünsche mir sehr, violett zu sein.
Der violette Herr schüttelt den Kopf.
Es ist eigentlich nicht meine Art, aber ich habe keine Zeit mehr, zu warten, ich habe keine Kraft mehr, ständig den Zauberkünstler zu spielen.
Er sieht tatsächlich sehr kraftlos aus.
Kaspers Freundin streckt ihre Hand aus, berührt den Kopf des violetten Herrn und das Buchstabenhemd, die andere Hand behält sie dabei an ihrem Hals, und fühlt, zu ihrer eigenen Überraschung, die Schlagader darunter pumpen.

Bitte, nehmen Sie die Hand von Ihrer Halsschlagader!
Einen Moment! Sie können mich nicht austrinken!
Ich habe Ihnen keinen Gegenstand verkauft!
Was?
Ich bin nicht einsam, und ich habe Ihnen keinen liebsten Gegenstand verkauft, ich besitze keinen liebsten Gegenstand! Und ich bin nicht einsam!
Sie besitzen keinen liebsten Gegenstand und sind nicht einsam? Das ist ein Widerspruch in sich ...
Nichts,
findet Kaspers Freundin,
ist so tröstlich wie ein Widerspruch in sich.
Sie dürfen,
erklärt sie,
einige Schlucke nehmen. Sie müssen. Ich sehne mich danach, denn das Nichts ist kein guter Zustand. Ich stelle mir bessere vor.

So wird sie violett, Kaspers Freundin. Und der violette Herr scheint zerstreut und geht ohne Abschied, schwach und alt wie er ist, und einer Ohnmacht nah.

50.

Kasper braucht Kraft die nächsten Tage.
Ich muss Geige üben,
erklärt er dem Bäcker. Und dann ist das Geld zu Ende, in diesem Augenblick. Zack, Geldbeutel leer. Die Kuchenstücke müssen leider zurückbleiben. Der Bäcker kann ihm da nicht helfen.
Ich kann da ja nicht immer helfen,
sagt der Bäcker.
Ich bekomme sicher bald Lohn,
antwortet Kasper,
dann kann ich etwas zurückzahlen?
Das geht nicht,
sagt der Bäcker, ungewohnt hart,
das ist ja sonst wie in der Geschichte vom Jungen, der immer Wölfe schreit!

Kasper geht fluchend zurück ins Haus und sucht überall nach Geld. In Küchenschubladen, in Dielenritzen, auf Fensterbrettern im Proberaum, zwischen den Polstern der Chaiselongue. Schließlich klopft er an die Schlafzimmertür.
Ich will dich ja nicht stören,
sagt er zu seiner Freundin durch die verschlossene Türe, aber wir sollten uns zusammenraufen. Das Geld ist nämlich jetzt alle, und ich habe keinen Plan, wie es weitergehen wird. Hast du vielleicht zufällig einen?
Die Antwort kommt schnell:
Nein. Aber ich habe auch sowieso keinen Hunger!
Und nein,
Kaspers Freundin lässt ihn nicht hinein.
Ich aber hab Hunger, und ich muss üben! Ich muss etwas essen! Wie stellst du dir das eigentlich vor? Komm sofort

aus dem Schlafzimmer! Was soll der ganze Unsinn?
Da öffnet Kaspers Freundin halt die Tür und läuft an Kasper vorbei, aber ohne auf ihn zu achten. Nackt, immer noch, grünbebrillt und kalt, und sie will das Haus verlassen.
Du bist nackt,
sagt Kasper, und hält sie an ihrer eiskalten Schulter zurück.

Kaspers Freundin wickelt sich widerwillig in eine Bettdecke und geht durch den Schnee zum Bäcker.
Der hält das zunächst für einen Trickbetrug, speziell den Teil mit der Bettdecke.
Zehn Brötchen, bitte,
sagt Kaspers Freundin und streckt dem Bäcker die Hand mit dem Geld hin, mit dem Geld, denn ein uralter Trick ist ihr eingefallen.
Der Trick geht so: Sie spielt dem Bäcker so überzeugend vor, Geld in der Hand zu halten, und also für Brötchen Geld zu bezahlen, dass der Bäcker glaubt, ihr die Brötchen zu verkaufen, die er einpackt, obwohl er misstrauisch gewesen ist, wegen der Bettdecke. Warm schließt sie ihre kalte Hand über seiner heißen, und sagt:
Heißen Dank!,
und hält inne und betrachtet gedankenverloren und voll Begierde die heiße Bäckerhand.
Die Hitze daran macht ihr Spaß. Kleine Bäckerhärchen flimmern in ihrem Atem. Und so weiter.

51.

Von dieser Tat erholt sich Kaspers Freundin den ganzen nächsten Tag lang hinter verschlossener Schlafzimmertür, und am Abend geht sie wieder einkaufen.
Alle Verkäufer haben so weiche, heiße Haut kurz vor Ladenschluss, mit so unfassbar filigranen, wenn man genau hinsieht, was Kaspers Freundin tut, kleinen, feuchten Unreinheiten, die sogar glänzen. Und glänzende Schlüsselbeine, auch, oft von seidenweichem Speck umhüllt.
Kaspers violette Freundin hat große Lust, alles anzufassen und aufzukratzen. Eiterpickel und rosige Rosazea interessieren sie momentan am allermeisten von allen Dingen. Mehr als alle Zaubertricks, Programme und andere Begierden: Stellen, die entstehen in Gesichtern von Leuten, die sich mit Händen, welche den ganzen Tag Münzen anfassen, den Schweiß von Wangen und Stirn wischen. Wenn Kaspers Freundin die heißen, heißen Verkäuferhände berührt, um imaginäres Geld hineinzuschütten und
Heißen Dank!,
zu sagen, juckt sie das an Stellen im Kopf, hinter dem Bauchnabel und tief in der Kehle, an denen es nicht möglich ist, sich zu kratzen.
Enorm stimulierend.
Auf der Fahrt in der Straßenbahn muss sie noch mit einem Kontrolleur fertig werden, dann ist sie mit ihrer Kraft am Ende.
Sie glaubt, den violetten Herrn, mit einem Kontrabasskasten bepackt, um eine Ecke biegen zu sehen, aber es ist in echt ein gesunder Bursche, und was den so violett macht, ist das nächtliche Licht, das auf ihn fällt.
Ich muss ein Geschäftssystem entwickeln,
denkt Kaspers Freundin klar,

ich muss ja erwachsen werden!
Verrate mir, wie du das machst!,
fordert Kasper, und sie sehen sich durch die Gläser ihrer grünen Brille an, gegenseitig. Es ist schwer, sich zu erkennen, Kaspers Freundin insgesamt ist unscharf geworden. Sie ist müde.
Du kannst mir nicht helfen,
sagt sie zu Kasper.
Leider.
Sie sagt:
Man muss lernen, auf eigenen Beinen zu stehen.
Sie sagt:
Aber zumindest, glaube ich, habe ich dich immer geliebt, sehr, bis zu irgendwelchen Augenblicken, die passiert sind, und seitdem bin ich mir so unsicher.
Sie bewegt die Lippen, aber der Ton bricht ab.
Es ist nämlich plötzlich nicht so, dass diese ganzen Veränderungen sie nicht furchtbar mitnehmen. Es ist plötzlich nicht so, dass sie keine Stimmungsschwankungen hätte, und sie denkt:
Ich muss ihm das mitteilen.
Kasper findet, dass sie komisch aussieht, aber es ist kein Wunder, dass sie kein Wort mehr herausbringt, denn sie trägt noch immer diesen enorm großen Karton. Kasper nimmt ihn ihr ab und hat sich arg verschätzt. Das Gewicht zieht ihn sofort zu Boden.
Wie konntest du das alleine alles bis hierher tragen? Und bitte, das können wir doch gar nicht alles essen! Man darf nicht mehr klauen, als man unbedingt zum Überleben braucht. Die Regel kennst du doch?

Aber das alles erträgt sie nicht.
Die Distanz macht, dass es ihr schlecht geht, ob er das nicht sehen kann? Sie fetzt den Karton auseinander und greift hinein. Die Dinge haben ohnehin irgendwie ihren Wert für sie verloren.

Sie beschmeißt Kasper im Hausflur mit Bioeiern, Entenleberpastete, weihnachtlichen Bilderrahmen, Herren-Feinrippunterhemden und Weinflaschen.
Das entspannt die Situation ein wenig, denn Kasper denkt, sie ist ganz gleich geblieben.
So ist sie, nach wie vor, wie sie immer war, Kaspers Freundin, und sie muss Kasper weiter nichts erklären. Denn er sagt jetzt schon ganz von selbst, dass er keine Lust mehr hat, sich mit ihr auseinanderzusetzen, und bricht wieder auf zu seiner heutigen Probe.

52.

Der Schlaf sieht von innen aus wie der Schlaf einer Toten von innen aussieht, weshalb Kaspers Freundin davon Kasper nicht berichten kann, obwohl sie das gern tun würde, doch keine Tote kann berichten, wie von innen ihr Schlaf aussieht.
Beim Aufwachen stehen ihr Leute von ganz früher vor Augen und gehen ihr nicht mehr aus dem Kopf. Und die Leute haben alle immer noch genau dieselben Gesichtszüge, und regen sich über genau dieselben Sachen auf. Oder ist es umgekehrt? Regt sie sich selbst immer noch über dieselben Sachen auf, hat sie selbst immer noch dieselben Gesichtszüge? Und die Leute von früher. Gehen ihr nicht aus dem Kopf. Wo sind alle Leute hin? Das Wort Porzellan nimmt ungeahnte, gigantische Ausmaße an. Sie droht, an diesem Wort zu sterben und sie ist ja auch schon sehr dünn geworden, Kaspers Freundin: Das Wort ist eine Art Tapetenmuster, in das sie, in Einzelteilen, einsortiert wird, aus dem sie nicht mehr hinauskommt, Porzellan. Fläche und Detail zugleich.

Kaspers Freundin lebt jetzt in der kleinen fensterlosen Kammer.
Sie sagt Regeln an:
Sie sagt, das morgendliche Licht störe sie arg.
Sie sagt, Licht bringe sie um.
Sie sagt, sie wolle sterben einerseits, aber sie möge kein Licht andererseits.
Sie sagt, sie liebe Kasper einerseits, könne aber nie, nie wieder mit ihm schlafen.
So ist das leider. Sie hätten wohl viel zu wenig Zeit für alles gehabt, dies sei die Wahrheit.
Kasper sagt:
Ich will diesen Unsinn nicht hören.

53.

Will mir meine Freundin etwas sagen,
denkt Kasper, der ein Schinkenbrot kaut, denn er muss sich von seiner anstrengenden Probe erholen, und sieht ihre grüne Brille an, hinter der ihr Gesicht wie ein Strich aussieht, veilchenfarben,
sie sieht aus, als wolle sie mir etwas sagen. Oder nicht, egal.
Der Schlag trifft Kasper mehr, als er gedacht hätte, aber er hat sich zuletzt ohnehin nichts mehr gedacht. Vielleicht:
Fis.

Kaspers Freundin greift, zielt und haut, verrenkt sich dazu leicht, ihre Zähne ordentlich in Kaspers Halsschlagader, und trifft.
Und Kasper schreit leise auf.
Und Kaspers Freundin lacht freundlich. Sie lacht leicht wie ein Vorhang, der aus lauter kleinen Perlen, und so weiter.
Sie beißt nochmal nach, wie um sich zu vergewissern, und lacht aber auch, beides, und leckt, und das Blut bringt sie wieder zusammen für den Moment, sie weiß das, Kaspers Freundin, sie ist sich sicher, und das Blut bringt sie zusammen, beide, denn genauso ist das mit dem violetten Herrn gewesen, es muss eine Art Gesetz sein.
Und Kaspers Blut aus seinem Hals spritzt auf ihre Anziehsachen, auf die Brille von Kaspers Freundin und so weiter, und tropft auch auf den Boden, es ist beinahe schwarz und zittert über die Fliesen überall hin.

Wie es weitergeht, wird sich ja zeigen,
denkt Kaspers Freundin,
das wird sich zeigen. Zeigen, das heißt fügen, denn die Liebe ist herzförmig. Die Liebe ist herzförmig, Herrgott, ja.

Sie denkt diesen Unsinn in einen Schacht hinein, der sich, ganz unherzförmig, auftut, und schon ist alles entglitten, und Kaspers Halsschlagader rutscht mit einem satten Geräusch davon.
Auch der Appetit ist ihr schlagartig ganz vergangen.

Die böse Kälte pumpt nach allen Seiten in den Raum hinein:
Kasper plumpst zu Boden und knallt, weil es so schmerzt, erst am Hals und dann durch die Knochen, der Schmerz, bis ins Herz, auf die Fliesen und liegt reglos, und blutet, und blutet.
Kaspers Freundin knackt mit dem Kiefer und sieht weg.
Ich hab Körperteile, die fühlen sich tot an. Die sind sogar vermutlich tot. Es fühlen sich die toten Körperteile, die ich habe, tot an.
Sie sieht aus dem Küchenfenster, sieht die beleuchtete Küche im Fenster gespiegelt, dahinter die Laube, der wilde Garten.

Aber Kasper könnte sterben!
Kaspers Freundin beginnt, ratlos auf und ab zu laufen.
Sie sucht nach einem Pflaster zwischen den Tassen, im Kühlschrank und bei dem Putzkübel.
Da wacht Kasper auf. Er liegt auf den Küchenfliesen und blutet herum. Er tastet und drückt Mittel- und Zeigefinger fest auf die Wunde und findet einige einigermaßen adäquate Worte für die Angelegenheit:
Sag mal, hast du mich da eben in den Hals gebissen?
Das tut mir leid,
antwortet Kaspers Freundin,
ehrlich,
und sie beobachtet fasziniert, wie das Blut, sich in drei dünne Rinnsale aufspaltend, über Kaspers schmalen Handrücken fließt und vom Ärmel seines Pullovers aufgesaugt wird, wo es trocknen wird, hart und nicht mehr

herauszuwaschen, wenn man nichts dagegen tut. Wie ist das bei ihr gewesen? Sie kniet sich hin und wischt das Blut mit dem Zeigefinger zusammen. Den Zeigefinger leckt sie sorgfältig ab, zärtlich näselt sie:
Du blutest wie ein abgestochenes Schwein!
Kasper lacht. Nein, er röchelt.
Spinnst du?
Nein, ich meine, du blutest wie ein Springbrunnen. Ich meine ...
Blut fließt und fließt immer weiter aus Kaspers Hals hinaus, und Kaspers Freundin versucht, ihren spitzen, speichelbehangenen Zeigefinger unter Kaspers Hand, die er auf seinen Hals gepresst hält, hindurch in dessen Wunde zu bohren. Ihre Augen schwimmen hinter ihrer Brille.
Eigentlich wollte ich es nicht. Das heißt, ich wollte, dass du weißt, wie ich mich fühle. Kannst du es dir jetzt ungefähr vorstellen? So fühle ich mich nämlich die ganze Zeit dabei!
Von ihren eigenen Worten mitgerissen ruft sie es noch einmal laut:
So fühle ich mich!
Und möchte gern nochmal zubeißen, aber Kasper drückt ihren Kopf weg, und versucht, sich an der Spüle aufzurichten, erstaunlich stabil. Der Schmerz zuckt immer Richtung Herz.
Frag mal, wie ich mich fühle,
stößt er grimmig hervor.
Ich finde nicht, dass das vergleichbar ist,
lamentiert Kaspers Freundin,
und ich finde diese Frage aggressiv! Eigentlich hast du doch alles, aber gut, dass nun alle Missverständnisse aus dem Weg geräumt sind! Ich liebe dich nämlich, Kasper, ich liebe dich wirklich! Liebst du mich nicht?
Kasper öffnet den Mund und klappt ihn wieder zu.

Ganz gut immerhin,
denkt er,
ganz gut immerhin, dass Winter ist.
Er kann seinen eigenen Gedanken nicht folgen. Der Anfang des Satzes verrät ihm selbst nichts über dessen Ende.
Er weiß nicht, woher Sätze wie diese kommen:
Hat denn mein Leben einen Sinn, wenn meine Freundin tot ist?
Erinnere dich einfach daran,
ruft Kaspers Freundin hinein,
dass du mich vor kurzer Zeit noch geliebt hast!

54.

Es fallen Kasper keine Begriffe dafür ein.
Er ist Musiker. Jeder hat hoffentlich einen Platz auf der Welt.
Und er sieht, denn es ist sehr kalt, erwachend seinen eigenen Atem in der Luft, in dieser stillen, ganz beruhigenden Luft, und das Bett ist weich und ziemlich kühl.
So nicht,
denkt er,
so nicht. So nicht, nicht so.
Er denkt nichts.
Er denkt:
Vermutlich wäre er besser, sich niemals wieder zu sehen.
Und nichts denkt er, Kasper.

Er beginnt nach einer Weile, einen Takt zu trommeln und Synkopen dazu, und im Falsett das Lied Nun hast du alles kaputt gemacht zu singen. Ein richtiger Ohrwurm aus dem Musical Bohoskag.
Und wie sich das wohl,
überlegt Kasper,
anfühlt, meine Hände auf einen fremden Bauch, und wie sich wohl mein Bauch für andere Hände anfühlt?
So liegt Kasper im dämmrigen Zimmer, denn er will das Bett nicht verlassen und nicht das Musical Bohoskag in seinem Kopf.
Draußen spielt sich der friedliche, bedrohlich ruhige Nachmittag eines beinahe frühlingshaften, spätwinterlichen Tages ab, mit so schwarzen Zweigen in einer rauchigen Luft, vereinzelt Vögel, einigen weiten, großen, wirklich guten Gedanken unter einem engen Himmel, und so weiter,
nun hast du alles kaputt gemacht,
geh weg,

ich will dich nie wieder sehen,
schraub, schraub, schraub, klimper, wirbel,
Kasper rollt sich seufzend aus dem Bett.
Er kocht Kaffee.
Auf den Fliesen bröckelt getrocknetes Blut. Und Minuten und Sekunden schieben sich widerwärtig, aber da, der Kaffee.
Und der Abend folgt.

Kaspers Freundin fährt hoch in ihrer fensterlosen Eiskammer, als die Haustür ins Schloss fällt, weil Kasper zur Aufführung aufbricht.

55.

Das Publikum freut sich über das neue Jahr. Hustend und schniefend zwar, mit Ringen unter den Augen und Todesfällen immer wieder, aber das muss alles nicht sehr ernst genommen werden, solange alle schön beieinander bleiben.

Auf der Bühne wird getanzt. Man ist prachtvoll und antik ausgestattet, biegt sich hin, hält inne voreinander, dreht sich voneinander, ineinander, sieht, wird gesehen, beleuchtet, denn ja, man ist erleuchtet, leuchtet, blüht, stirbt, stirbt ineinander, für sich. Sieht sich, und so weiter. Man ist kreisförmig, herzförmig. Violett.

Und man sägt und bläst im Graben die Instrumente und ist überaus erfolgreich und eine Einheit. Man versteht sich sehr gut. Die Bratscherin lächelt lieb den Geiger Kasper an. Die Frackschöße des hageren Konzertmeistergeigers flattern wie in einem Kinderbuch. Der Kontrabassist zwinkert und trommelt lustig komplizierte Rhythmen zu Kasper hin. Der stellt nämlich jetzt seinen Schüler dar und sieht auch total farbig aus mit seiner großen Fliege unterm Kinn, farbig, warm, weich. Mit verletzlichem Kindergesicht.
Manchmal gibt es Standing Ovations. Aber damit ist nicht Kasper gemeint, das meint andere.
Oder? Oder?

Ich bin nicht schlecht. Ich bin gar kein schlechter Geiger. Nicht genial, nicht gerissen, aber nicht schlecht, auch,
sagt sich Kasper, und hebt seine Cappuccinotasse für einen Toast auf seine Musikerfreunde, denn nach den Auftritten wird getrunken, und die Bratscherin lächelt so lieb, und,

ich habe keine Angst vor dem Tod!,
hört sich selbst Kasper sogar da zu einer der Tänzerinnen sagen, und auf dem Klavier liegt Glitzer, Schnee, denn es ist Winter, auf den Dächern, dahinter graut der Morgen.
Dahinter liegt der Tag.
Dahinter liegt die Nacht.
Die Luft ist ein Stein.

56.

Kaspers Freundin erwartet Kasper in der Diele.
Sie sieht aufgeregt aus. An einer Stelle am Kopf fallen ihr die Haare derzeit kreisrund aus.
Ich liebe dich, Kasper,
sagt sie,
und es tut mir leid, dass ich die chinesische Bodenvase zerstört habe und die Glasenuhr und dass ich mich habe vom violetten Herrn beißen lassen, und dass ich den Fernseher zerstört habe und den Spiegel im Bad, und dass ich dich gebissen habe, wirklich, das tut mir alles leid. Aber wir sollten uns einfach daran gewöhnen. Wir müssen uns einfach darauf einstellen. Du musst mir sagen, dass du mich liebst, du musst mir sagen, dass wir Hand in Hand ins süße Licht und so weiter, und es tut mir leid, ich muss dich noch mal beißen, so funktioniert es, ich weiß, dass es so funktioniert. Wir schlafen tags, und nachts gehen wir los und machen Geschäfte mit einsamen Menschen, und tags schlafen wir, und wir lieben uns und schlafen miteinander, und holen uns aus den Supermärkten ... na, wir holen uns das Blut einfach aus den Supermärkten, haha, und wir sind beieinander, und auseinander und wieder beieinander, und im Sommer ist es nachts ohnehin schöner, schön kühl, nächtliche Gewitter, die Luft ist schön im Sommer, erinnere dich, Kasper, einfach daran, dass du mich im Sommer noch geliebt hast, und stell dir das vor, Kasper, und man sieht jetzt auch im Dunkeln sehr gut. Und du kannst außerdem weiter Geige spielen, wie gehabt. Schau, es ist neu auch für mich, aber ich bin sicher, man gewöhnt sich! Wir werden den Notar fragen, ob er mit uns ein Geschäft macht, und dann trinken wir ihn aus. Und all die anderen Leute in diesem heringsgrauen Viertel.

Sie schaut stumm auf das Energierondell. Sie schaut die Treppe hinauf, prüft die Struktur der Dielen auf dem Boden. Sie prüft Kaspers verletzliches Gesicht, seinen Mund, die Wimpern.

Man kann dann aber nicht,
sagt Kasper,
als Musiker arbeiten, wenn man so ist. Man kann überhaupt nicht arbeiten. Man fühlt nichts.
Und Kaspers Freundin streckt, unweigerlich, ihre Arme, Fingerspitzen voran, nach Kasper aus.
Da hebt Kasper den Geigenkoffer und lässt ihn mit voller Wucht und von oben auf seine Freundin heruntersausen.
Sie fällt gleich und längs in Ohnmacht, auf die Diele, denn sie ist sehr, sehr schwach vor lauter Hunger.

57.

Und die Ohnmacht bringt eine Reihe verdrehter Orgasmen und schiebt die Dinge noch ein wenig auf.

Und in den Raum, den Kaspers Großvater bewohnte, bevor er starb, den er erbaute, bevor er ihn bewohnte, der Nichts war, bevor Kaspers Großvater ihn erbaute, der etwas anderes war, bevor er Nichts war, bevor der Krieg den Frieden zerstörte, bevor der Frieden den Krieg versöhnte, dahinein, in den Raum, stellte Kaspers Großvater eine schöne Chaiselongue, auf der sich alles Schöne, alle schönen, ruhigen Gedanken, und alle ruhigen, schönen Entschlüsse der Zukunft, abspielen sollten.

Folgendermaßen endet wenig später ihr Gespräch:
Kasper sitzt am Ende der Chaiselongue, und der Raum ist staubig und kalt, obwohl der Frühling, das spürt er, irgendwo in Sicht ist. Irgendwo kommt er an, und Käfer kriechen über den Teppichboden daher, vor dem Fenster türmt sich der Schnee, in Nebenzimmern scheinen Menschen auf verstimmten Bratschen zu dilettieren,
aber das ist bloß das metaphysische Gruseln, das uns alle packt, von Zeit zu Zeit,
denkt Kasper,
weiter nichts. Man darf sein Leben nicht dermaßen aus der Hand geben,
denkt er, und:
Ich werde mich von dir trennen,
sagt Kasper zu seiner Freundin, die auf der Chaiselongue erwacht, und es ist beinah Lichtgrenze, ganz nah, und klar, und fest ist seine Stimme, ohne Luft dazwischen, denn alles, was in diesen Raum, auf dieser Chaiselongue gesagt wird, hat eine große, innere, ganz und gar zwingende Logik:

Ich weiß jetzt, dass ich mich von dir trennen muss, um glücklich zu werden.
Und die Nacht ist klar vor dem Fenster.
Die Nacht eilt vorüber und zieht einen hohen Hut.

Denn ich will nicht so werden wie du!,
sagt Kasper zu seiner Freundin.
Kaspers Freundin dreht sich zur Wand. Ihre Augen sind feucht. Sie sagt wütend:
Man wird aber nicht, wie man es will. Man kann sich das eben nicht aussuchen. Schau mich an!
Es tut mir leid,
sagt Kasper,
aber ich bin aus meiner Depression herausgewachsen, und ich werde ein Geiger werden. Ich habe Freunde und Freunde von Freunden, und wir machen eben alle Musik und sind in der Welt. Es ist das Beste, wenn wir uns in diesen Zusammenhängen nie wieder sehen.
Kaspers Freundin sagt nichts. Sie wälzt sich ein wenig und schaut lang, aus kleinen müden Augen, Kasper an.
Du darfst,
erlaubt Kasper ihr,
vorübergehend die kleine, fensterlose Kammer bewohnen, wie gehabt, bis du eben etwas besseres,
dann bricht er ab. Etwas wie harte kleine Insekten fliegt ihm aus dem Gesicht, sammelt sich im Augwinkel, prasselt alles nieder, drum bricht er ab und geht und lässt seine Freundin auf der Chaiselongue zurück, die ihrerseits, sich wälzend, viele Haare auf der Chaiselongue zurücklässt, die auf den speckigen Polstern kleben bleiben, einfach so.

Und Kasper prügelt auf seine Geige ein.

Und schweigt. Und weint.
Und der Schlaf der Toten sieht folgendermaßen aus:
Er sieht folgendermaßen aus:

Folgendermaßen sieht der Schlaf der Toten aus.

58.

Da sind sie wieder. Da sind wieder alle seine Freunde. Der Kontrabassist. Die muskulösen Finger.
Die Scheinwerfer sind hart und heiß, geradezu schmerzhaft, und helfen, zu verdrängen, was kürzlich alles geschehen ist.
Alle seine Freunde: Eine liebe Bratscherin, ein weiterer kräftiger, schwitzender Bursche, eine Handvoll zarter Tänzerinnen, denen, wenn man sie ganz von nah betrachtet, die Haut an den Wangen zu hängen beginnt, was Kasper mit Schmerz erfüllt, aber mit Freude auch, Triumph, und das kräftig applaudierende Publikum.
Dass da sein Stuhl steht, neben dem schweißelnden Jüngling zur Rechten, und selbst, dass es knallt und auf die Nerven peitscht, das beruhigt Kasper, obwohl Kopfschmerzen durch die Generalpausen flackern und Bilder pflanzen von Dingen, die er in Wirklichkeit noch nie erlebt hat:
Ein gleißend weißer Raum, zwei knochige Herren vor einem Sportwagen, vor einer orangenen Straßenlaterne, mit Wind, der ihnen ins schüttere Haar greift, und so weiter, und eine Weihnachtsgans, die in den Schnee, und so weiter, und ein Wanderer, der vor einer Höhle, und Hand in Hand werden wir ins Licht.

Bei der Stelle, an der der kultivierte Mann auf der Bühne sich gerade sehr zart freut, weil die vermeintliche Bohoskagianierin gerade vier sehr zusammenhängende und auch sehr kluge Worte über einen Kinofilm sagt, wo sie sich doch zuvor immer nur verworren oder leer über reichhaltige Inhalte zu äußern in der Lage gewesen ist, fällt Kasper vom Stuhl.
Er hat das geahnt. Mit dem Bogen kommt er ab, schräg von den Saiten, und knallte gegen seinen Nebensitzer,

dem sogar auch eine Saite zerspringt, und auch dem Vordersitzer und der lieben Bratscherin und anderen Leuten zerreißt es die Saiten zuhauf. Eine hässliche Tonfolge zerschneidet die zarte Szene in zwei ungleiche Teile. Am Nebensitzer entlang gleitet Kasper sanft zu Boden, sein Stuhl kippt auf ihn drauf. Saiten zirpen, Holz splittert. Alle schauen hin.
Ich hatte bessere Momente,
sagt Kasper zur Entschuldigung laut, und entschwindet, um später wieder aufzutauchen.

59.

Sie müssen nun künftig besser auf Ihre Sachen achtgeben, sagt zu Kasper jetzt der violette Herr. Der violette Herr trägt ein violettes Hemd, seine Hose wird neuerdings gehalten von Hosenträgern, die wippenden Stiefel sind jetzt voller Schneeränder. Die Augen des violetten Herrn sind sehr dunkel und klein im papiernen Gesicht. Jemand hat sie, so sieht es aus, ihm mit Nägeln eingestochen, vielleicht. Vielleicht aus Wut, weil er ihm das Liebste nahm und die Möglichkeit zum Tod, sogar. So sieht es nur aus, alles ist aber beim Alten, in Wahrheit.

Kasper ist nicht sehr überrascht, ihn zu sehen.
Wie geht es Ihnen?,
fragt der violette Herr.
Kasper schließt die Augen und fragt zurück:
Wie geht es denn Ihnen?
Mir geht es,
und der Herr glättet sich die Lippen mit der algengleichen Zunge,
gut. Gut.
Er überlegt:
Das heißt, eher randmäßig, eigentlich. Es geht mir randmäßig.
Kasper seufzt und hält die Augen fest geschlossen. Er öffnet nur den Mund einen Spalt und spricht möglichst trocken:
Man darf die Dinge nicht so aus der Hand gleiten lassen. Die Angelegenheiten dürfen nicht so zwischen den Fingern zerrinnen.
Der Herr rutscht auf dem Stuhl hin und her.
Jaja. Ihre Freundin hat …
Kasper nickt.
Meine Freundin hat, jaja. Ein nettes Licht in diesem Raum, nicht wahr?

Es ist eine Tugend, auf Floskeln zurückzugreifen. Kasper blinzelt durch die Lider und dreht seinen Kopf auf der Halswirbelsäule umher. Der Kopf ist ganz wunderbar flexibel an diesem einen Punkt angebracht und gleitet weich in alle Blickrichtungen: Der Raum ist gelb gestrichen. Eine Fliege oder die Neonröhre an der Decke summt.
Kasper bemüht sich, das Vakuum in sich drinnen zu zeratmen.
Der violette Herr sitzt auf einem Stuhl neben der Liege. Auf der Liege selbst liegt Kasper. Der violette Herr hält unterdessen zwei Teile Holz, den Hals und den Korpus der Geige, in seinen großen Händen wie die Teile eines Modellflugzeugbausatzes.
So ein Mist,
sagt der violette Herr traurig.
Kasper tastet mit seiner linken Hand nach seinem Hals, denn die Wunde, die seine Freundin dort in ihn hineingebissen hat, scheint plötzlich sehr groß zu sein.
Die Augen des violetten Herrn folgen seinen Fingern, und von unten betrachtet sieht er ganz zärtlich und besorgt aus, zärtlich und besorgt sieht der violette Herr auf Kasper hinab, während er, unachtsam und ohne hinzublicken, die Holzteile dreht und ineinanderschiebt, lose Saiten um seine dürren Finger wickelt, und Staub aus freiliegenden und Kasper völlig unbekannten Winkeln seiner Geige pustet.
Ich vermute, es fühlt sich monströs an, aber es ist nicht größer als ein Mückenstich. Aber fühlt sich so an. Stört sicherlich beim Spielen, nicht wahr?
Kasper nickt und schließt die Augen.
Sie müssen keine Angst haben,
sagt der violette Herr,
aber Sie können sich davon nicht mehr erholen.

60.

Ich hab so dermaßen Hunger, das können Sie sich gar nicht vorstellen!,
sagt Kaspers Freundin, und schiebt den Widerstand des Notars mit Leichtigkeit fort. Sie quetscht den Notar dabei gegen die Raufasertapete und gegen einen Lichtschalter, was Dunkelheit bringt und dem Notar das Atmen unmöglich macht. In seinem Innern knackst es und es platzen Dinge.
Ein gutes Haus,
stellt Kaspers Freundin nüchtern fest.
Der Notar stöhnt, und Kaspers Freundin schlägt die Tür achtlos zu, sodass der Notar beinahe hinfällt, weil nichts mehr seinen Brustkorb hält.
Der Boden,
erklärt er ihr, sich vor Schmerzen krümmend, stoppt in der Erklärung, beschreibt einen krummen Kreis mit dem Arm, ein halbes Lächeln in der Luft.
Jaja, ich weiß schon, alles Kreise,
murmelt Kaspers Freundin.
Wollen Sie etwas trinken?,
fragt der Notar, sich aufrappelnd.
Ja!
Kaspers Freundin beguckt sich genau die talgige Haut auf der Nase des Notars.
Ich bedaure das,
sagt sie höflich.
Auf den Schnickschnack mit dem liebsten Gegenstand verzichtet sie.
Ich habe ja noch Ihren Schal,
stellt sie fest,
Ihren wärmenden, schönen weichen Schal, nicht wahr! Ohne Schal im Winter, das ist eine der häufigsten Todesursachen! Und jetzt passen Sie auf!

Der Notar verhält sich zahm und schreit nicht, obwohl er den Mund aufgesperrt hat, so sehr sogar, dass die Mundwinkel einreißen, aber kein Ton kommt, nur der Tod kommt. Und in den Sinn kommt dem Notar, dass ihm ja früher zu einem Zeitpunkt, so in der Pubertät, sein Leben ohnehin einmal nicht viel wert gewesen ist, und dass er nun dran hängt, muss ein Irrtum sein, die ganze Zeit. Erinnern Sie sich einfach an früher, Herr Notar! Aber wieso eigentlich, wieso damals, an diesem Frühsommertag in den Achtzigern, wieso ist dieser Streit mit dieser Frau entstanden, einmal, wieso ist sie davongegangen, zwischen den Campingwagen? Eine komische Zeit. So übersatt, so pastellig. Wieso nur soviel Zeit verloren für diesen Vortrag über den Begriff ANTIK, wo es doch hätte sein müssen die Zeit, das Hier, und das Jetzt?

61.

Und Kasper erwacht.
Ein Funktionär des Hohenzollernvereins sitzt nun hoch und spitz zulaufend an seinem Bett und kühlt Kaspers Stirn mit einem kühlen, feuchten Tuch.
Geht es gut?,
fragt er mit einer ganz lieben, erwachsenen Stimme.
Ja,
flüstert Kasper.
Wir kümmern uns hier alle umeinander,
sagt der Herr der Hohenzollernvereins.
Das wird schon wieder. Bald können Sie wieder mitspielen bei uns. Wir sind Optimisten. Voll Optimismus und Enthusiasmus kämpfen wir für die Monarchie, die sehr viele Vorteile hat. Sie werden schon sehen!
Kasper lächelt und eine feuchte Hitze steigt auf.
Ich bin froh.
Ja! Das sollten Sie!
Meine Geige ...
Ist bei der Reparatur, ihr großväterlicher Freund möchte sich drum kümmern.
Sie ist kaputt!
Wir haben noch mehr hier davon. Sie kriegen einfach eine neue. Sie wissen ja: Wer je auf Preußens Fahne schwört, hat nichts mehr, das ihm selbst gehört!
Kasper schüttelt den Kopf.
Ich weiß nicht, ob das geht.
Sie dürfen nicht weichlich sein. Seien Sie doch ein wenig diszipliniert!
Ich kann, glaube ich, gar nicht mehr spielen!
Ach! Sind Sie krank?
Nein, nein ...
Die Seele?
Wahrscheinlich.

Ach, die Seele. Da kann ich momentan nicht helfen. Es bleibt zu hoffen, dass es vorüber geht, denn seelisch Versehrte haben in der Regel einige Schwierigkeit, nicht nur mit der Musik, sondern auch mit den preußischen Disziplinen.
Kasper, der sich nicht vorstellen kann, dass sein Großvater seelisch unversehrt war, weist diesen Vorwurf mit einem Kopfschütteln weit von sich.
Und wenn schon, es kann ja auch etwas vorübergehendes sein!
Der Herr vom Hohenzollernverein nickt erleichtert.
Dann erholen Sie sich, schnell, schnell, damit Sie wieder spielen können!
Kasper sagt nicht:
Ich kann nicht mehr spielen.
Der Herr vom Hohenzollernverein fragt sich laut:
Warum wohl Musiker überhaupt eine Seele haben?
Damit sie Musik machen können,
antwortet Kasper, und entgleitet.

62.

Die Straßenbahn durch die Peripherie der Stadt ist beinahe leer, ein blaues Licht fällt auf die Sitze.
Durch die nächtlichen Straßen schleicht Kaspers Freundin. Schnee knirscht unter ihren Sohlen, aber es fühlt sich nicht kalt an, es fühlt sich eigentlich alles nicht so schlecht an, wie es ist.
Ich habe Kasper verloren,
denkt sie,
wir werden uns nie wieder sehen, und ich habe Joseph verloren und auch den violetten Herrn, weil ich mich nicht austrinken lassen wollte.
Die grüne Brille zerstreut angenehm das einfältige Licht der Straßenlaternen.
Aber das Schlimmste ist: Ich habe Kasper verloren, und es fühlt sich weniger schlecht an, als ich dachte.

Kaspers Freundin steigt nun die Stufen in einem Jugendstiltreppenhaus hinauf.
Das Treppenhauslicht flackert nervös, und jeder Schritt hallt endlos wieder.
Kaspers Freundin fühlt sich sehr stark nun, hellrosa, fühlt sich anemonenfarben leuchten, und wach fühlt sie sich.
Mir wird eine Lösung einfallen!
Aus der geschlossenen Tür dringt Stimmengewirr.
Sie drückt auf den Klingelknopf.
Ihr Vater öffnet die Türe. Er trägt eine glänzende Jogginghose und ein Muskelshirt. Er hat seinen Turnverein zu Besuch und sagt zu Kaspers violetter Freundin:
Oh!,
und mustert sie von oben bis unten.
Du siehst sehr ungesund aus, mein Kind! Kannst du dich immer noch nicht richtig um dich selbst kümmern?

Im Hausflur seiner Wohnung, in der Tür zum Wohnzimmer, steht eine kleine Gruppe sportlicher Männer, an den Türrahmen gelehnt, sie halten Cocktailgläser in der Hand und sprechen über unwichtige Details.
Ich feiere gerade ein Party,
sagt Kaspers Freundins Vater.
Komm doch herein. Willst du etwas essen, Kind?
Aber Blut klebt ihr noch am Kinn.
Ich habe mich von Kasper getrennt,
erklärt Kaspers Freundin ihrem Vater,
weil unsere Lebenswelten gingen auseinander. Nun suche ich ein neues Zuhause, und du bist ja der einzige Mensch,
sagt sie ganz direkt zu ihrem Vater,
den ich noch habe.
Kaspers Freundins Vater federt in den Knien und sieht sich unauffällig um. Ein ältlicher Sportler im Türrahmen zum Wohnzimmer ist bereits aufmerksam geworden und mustert Kaspers Freundin neugierig.
Kaspers Freundins Vater sagt:
Du kannst hier was essen und trinken, aber länger kannst du leider nicht bleiben. Du weißt, dass wir uns nur zerstreiten würden, und ich habe hier auch einfach gar keinen Platz für dich.

Kaspers Freundin schiebt ihn nur beiseite und tritt in die Wohnung, drängt sich ins Wohnzimmer, von dort aus in die Küche. Sie schiebt die Partygäste beiseite und wäscht sich das Gesicht.
Hellrosa tropft es auf das Edelstahl, und feines Haar fliegt ihr dazu wie Staub von der Glatze.

Die Gäste aus dem Turnverein bilden einen Kreis um sie und sehen staunend zu.

63.

Kasper wacht wieder auf, da ist der nette Herr des Hohenzollernvereins verschwunden.
Der violette Herr sitzt stattdessen nun wieder bei ihm.
Kasper fragt:
Und was ist mit meinem rechten Arm?
Was soll mit ihm sein?
Ich spüre ihn nicht mehr. Ich glaube, ich hatte einen Schlaganfall. Alles ist verzerrt. Bitte rufen Sie sofort einen Arzt!
Nein, nein, in ihrem Alter hat man doch keine Schlaganfälle. Eher einen Zwischenfall. Sie haben so schwache Nerven, schon immer gehabt ... ich würde das nicht so ernst nehmen, das ist sicher bloß eine vorübergehende ...
Wer sind eigentlich Sie?,
Das ist doch ganz unwichtig! Mittlerweile stehe ich Ihnen doch so nahe wie Ihr Großvater, beziehungsweise, Ihr Großvater war wie mein Bruder, oder wie ein Sohn oder Onkel, naja, Ihr Großvater war für mich wie mein eigener Großvater, verstehen Sie, letztendlich sind wir doch eine große Familie, wir sind ...
Kreisförmig, ich weiß,
murmelt Kasper.
Der Herr nickt und fährt sich mit seiner violetten Zunge über aufgesprungene Lippen,
herzförmig, quasi, Sie sollten sich deshalb auch mit Ihrer Freundin versöhnen, finde ich. Bitte, geben Sie mir die Hand,
sagt er, und grinst traurig mit seinen schwarzen Zähnen und versucht, nicht zu gierig auszusehen. Kasper wird übel von seinem Geruch. Er dreht sich schnell zur Wand.
Ich glaube, ich will das nicht,
flüstert Kasper mit geschlossenen Augen.

Aber dann,
sagt der violette Herr bedauernd,
müssen Sie sterben, denn so wie Sie sind, nämlich Nichts, können Sie nicht bleiben. Es tut mir leid, dass alles diesen Verlauf genommen hat, es hätte schneller und schmerzloser über die Bühne gehen sollen, dass Sie zwischenzeitlich, seit unserem ersten Treffen, Mut geschöpft haben, ist ein ärgerlicher Um- und Zustand, aber Ihre Freundin hat ... Naja, Sie wissen ja, was sie getan hat.

Was hat meine Freundin getan?,
fragt sich Kasper. Er weiß es nicht.
Egal. Ich verzeihe ihr das,
sagt er, und dann wird alles still, gleißend weiß und überaus friedlich. Kasper träumt davon, wie der Wanderer auf dem Gemälde, das Kaspers Freundin einmal gekauft hat, nach der Wanderung, also wie der Wanderer da nach Hause kommt und seinen Eltern zu erzählen versucht, dass sie gar nicht wirklich seine Eltern, und so weiter, aber die Eltern verlaufen, die Farben der Eltern laufen ineinander und das beschäftigt sie zunehmend zu sehr.

64.

Aus dem Kreis schiebt sich das Gesicht ihres Vaters auf Kaspers Freundin zu.
Sie erkennt es sofort.
Ihr Vater streckt nach ihr die Hand aus, und sie greift danach, denn kurz denkt sie, nun werde alles gut.
Galoppierende anämische Depression!
Glaub nicht, dass ich das nicht erkenne!,
sagt er,
deine ungesunde Gesichtsfarbe! Deine Haare, Kind! Du musst dir eine Gruppe suchen!
Und:
Geht beiseite,
sagt ihr Vater zu den anderen Gästen,
es ist wahrscheinlich ansteckend ...

65.

Ich habe ein Instrument erfunden,
plappert der violette Herr in Kaspers Träume hinein,
das heißt, ich habe es gar nicht selber erfunden. Ich habe es im Musikinstrumentenmuseum gesehen. Erinnern Sie sich? Sie waren da auch als Kind, und mit dem alten Professor und ...
Großvater, weiß ich.

Ach, der Großvater, ja. Was war das für eine seltsame Zeit, denkt Kasper und nickt und beschließt, einfach wieder weiter zu schlafen, forthin, forthin wie auf einer schönen weißen Schlittenfahrt, und ein Teil seines Gehirns liegt passenderweise auch plötzlich schön beleuchtet, in schönem Licht. Friedlich und schön, und dort ist es ja ganz sauber und schön aufgeräumt, und in der Sonne ein wenig zu schlafen hat noch keinem geschadet, man sollte, solange man mit dem Sonnenlicht noch per Du, sozusagen ...

Dann schreckt Kasper wieder hoch:
Sehen Sie, ich habe Ihre Geige umgebaut, während Sie vom Sonnenlicht geträumt haben. Damit könnten Sie etwas Großes werden, einzigartig, und das geht auch, falls Ihre rechte Hand, ich weiß, das war Ihre allerbeste, also falls die sich nicht mehr ganz erholen sollte, beziehungsweise die zu dieser Hand gehörenden Teile im Gehirn und das mit dem Großvater, und der Bogen ist ohnehin zerschmettert. Apropos übrigens: Wie wäre es, wenn ich quasi Ihr Großvater bin und überhaupt blutsverwandt, und wäre es dann nicht an der Zeit, zum Du zu wechseln?
Das hätten Sie wohl gerne!

Und es steht Kasper plötzlich kristallklar vor Augen: Dass es darauf nämlich alles hinausläuft. Dass das, was geschieht, nur deshalb geschieht, damit der violette Herr sich das Du erschleichen kann, damit der violette Herr mit seinen folterinstrumentartigen Händen fortan mit Du ...
Sie fiebern wohl!,
unterbricht der violette Herr.
Aber ich muss auch ohnehin gleich gehen, also sollten wir uns beeilen. Aber sehen Sie doch vorher, was ich aus Ihrer Geige gemacht habe!
Und es stellt sich heraus, dass Kaspers Geige überhaupt gar kein bisschen mehr kaputt ist, aber irgendwie ist sie auch keine Geige mehr, es ist eine kleine Kurbel an ihr angebracht und ein zusätzlicher Schlitz, so wie ihn Sparschweine haben.
Damit könnten Sie reich werden. Aber Sie wollen ja nicht violett sein und Sie wollen sich ja auch von diesem Verein hier gar nicht loseisen. Probieren Sie das mit der Kurbel aus. Setzen Sie sich auf. Spielen Sie jetzt, was Sie immer spielen wollten.

66.

Und Kaspers Freundin wendet den Kopf, starrt durch die Scheibe des Küchenfensters, und sieht darin die Küche ihres Vaters, sauber gespiegelt, und stürzt hinaus, so dass die Scherben in alle Richtungen fliegen, und fällt in den Schnee, von weit oben, liegt erstarrt.

Kind!,
hört sie ihren Vater rufen,
Kind, was machst du denn da?
Joseph hätte das vermieden. Joseph hätte. Joseph!
Kaspers Freundin rappelt sich auf.
Sie lebt! Sie lebt! Mach es gut, Kind! Du solltest eine Mütze tragen!
Die Männer aus dem Turnverein johlen und prosten mit Sekt und Bier hinaus, und ihr hinterher, die weiter durch die Nacht jagt.

Ich muss den jungen Menschen namens Joseph aufsuchen, und er muss mir helfen, dieses Leben zu verlassen.

67.

Und Kasper sitzt am Rand der Liege und spielt sich mit einem Außenteil seiner selbst, irgendwo in der Peripherie, auf seiner umgebauten Geige zu sich selbst hin. Seine Geige ist ihm eine fremde Person mit einem näselnden Klang geworden, spottend zweideutig, und leiernd rutscht das Stück, wie auf einer Schlittenfahrt, forthin.
Kasper spielt, wie er voller Verwunderung hört, scheinbar eine Sonate von Brahms. Er sieht, wie seine Finger sich selbstständig auf dem Griffbrett bewegen, sieht seine elegante, ganz federnde Rechte recht unbeholfen die Kurbel bedienen und begreift, dass er mit all dem irgendwie zu tun hat.
Der violette Herr wiegt den Kopf.
Brahms,
sagt er,
eine ernste Angelegenheit. Dilettanten sollten die Finger davon lassen!
Kasper nickt und lässt das Instrument los, alles sinkt irgendwohin und landet weich, und er fällt zurück auf seine Liege, Kasper. Und der violette Herr, wenn Kasper sich nicht täuscht, beugt sich über ihn, und:

Ich wollte eigentlich üben,
denkt Kasper,
jeden Tag üben,
denkt Kasper,
eins nach dem anderen, immerzu üben, um niemals etwas anderes machen zu müssen. Nun, das hat sich zumindest erledigt.

Und was hat mein Leben für einen Sinn, wenn meine Freundin tot ist?
denkt Kasper,

es wird sich für alles eine Lösung finden,
und ganz zum Schluss:

Und ach herrje: Das Sterben kann so schlimm nicht sein.

68.

Joseph öffnet Kaspers Freundin im Schlafanzug die Tür. Er rückt sich seine runde Brille zurecht und sagt:
Aha! Aber ich bin erfreut. Komm herein!
Sie setzen sich an den Küchentisch. Joseph zündet eine Kerze an.
Kann ich was trinken?

Kaspers Freundin bekommt einen Tee, den sie verschmäht. Sie bekommt ein Wasserglas voller Schnaps. Den Schnaps trinkt sie. Joseph scheint ganz in sich selbst zu ruhen, viel gelassener, als jemals zuvor, aber sie hat keinen Blick für ihn.
Du schaust nicht gut aus!,
stellt Joseph schließlich fest und streicht ihr über die Schläfe.
Eine neue Frisur? Was ist mit deinen Haaren passiert?
Kaspers Freundin packt seine Hand. Sie krallt ihre Finger in Josephs Handrücken und dreht diese warme, große Hand unschlüssig vor ihren Augen hin und her, bevor sie sie fallen lässt.
Sich selbst über die Glatze streichend geht sie durch die Wohnung, die sie vor langer Zeit bewohnt hat, bevor alles schlecht und dann wieder gut und dann wieder schlecht, am Ende, wurde.
Sie besieht sich die Einrichtung mit Gleichgültigkeit.
Joseph besitzt jetzt nur noch einen Monitor.
Er hat das Computerspielen aufgegeben.
Vor dem Fenster bleibt Kaspers Freundin stehen und prüft die helle Linie des Horizontes durch zusammengekniffene Augen.
Und? Was machst du so?,
fragt sie. Ihre Lippen sind spröde und aufgesprungen.
Joseph antwortet, dass er nun eine Menge Alkohol trinke und lohnenswerte Internetgeschäfte betreibe.

Kaspers Freundin zündet sich eine Zigarette an.
Joseph sieht ihr zu, und sieht zu, wie der Kerzenschein über ihr Gesicht huscht, und wie der schnörkelnde Rauch vom Licht von der Kerze von unten beschienen wird, wie empfindlich die Haut ihres Schädels blinkt.
Er dreht die Heizung auf, macht Wasser heiß für Tee, und Kaspers Freundin versucht, etwas in seinen glatten Rücken hinein zu sagen, etwas über das Porzellan und das Grauen vor dem Morgengrauen, sie leckt sich die Lippen und setzt mehrmals an.
Ich bin nicht mehr mit Kasper zusammen,
sagt sie,
ich hoffe, es geht ihm gut, wo er ist und mit dem, was er tut. Nun ist alles zersplittert und vollkommen zerstört in mir. Weißt du, dass ich schon den Notar umgebracht habe, und dass ich nicht vorhabe, ein lebbares, irgendwie friedliches System zu finden? Ich finde eigentlich, der violette Herr ist nicht besonders böse, denn einsame Menschen ganz auszutrinken und gründlich in den Tod zu schicken, in dem Moment, wo sogar die schwächsten Charaktere wie ich und er stärker sind als die, das ist nicht böse, sondern nur, höchstens, naja, schwach.

Joseph lächelt und schüttelt den Kopf. Er öffnet den Mund, um etwas zu sagen, aber die Nacht ist schon zu weit fortgeschritten, und sie hat ihn ja aus dem Bett geklingelt.
Das ist doch sowieso alles Unsinn, mit den Blutsaugern und so, ich habe mich geirrt,
sagt Joseph.
Ich hätte dir das nicht einpflanzen dürfen, ich weiß ja, wie beeinflussbar du bist. Aber der Morgen graut schon fast. Du wirst dich jetzt ausschlafen, und danach suchst du dir eine gute Therapeutin oder ein Krankenhaus.

Kaspers Freundin schlägt auf den Tisch, weil Joseph sie nicht versteht, aber der Schlag misslingt, und wird zu einem Streicheln, denn der Tag bricht an.
Ja, ich bin müde,
sagt Kaspers Freundin kraftlos und die Lider klappen gewaltsam vor dem anhebenden Licht zusammen.
Ich muss schlafen.
Sie legt sich unter den Schreibtisch und zieht ein Laken über ihren Kopf. Und schläft den Schlaf einer Toten.

69.

Am späten Nachmittag erst lässt sie sich aufwecken. Joseph hat es den ganzen Tag versucht, aber es ist ihm, natürlich, nicht gelungen.
Das Licht des Bildschirms beleuchtet den Raum schwülstig und Kaspers Freundin betrachtet Joseph kalt.
Wo ist denn dein Werkzeugkoffer?,
fragt sie.

Joseph muss ihr etwas mitteilen und tut es ohne Umschweife, damit er es hinter sich hat:
Kasper ist tot,
sagt er,
ein Unfall, ich habe es auf dieser Internetseite gelesen.
Da steht:
Unfall bei der Musicalproduktion zieht Tod nach sich. Symptome wie bei der GALOPPIERENDEN ANÄMISCHEN DEPRESSION.

Und es ist ein Bild von Kaspers leerem Stuhl im Orchester, und alle Musiker sind drauf und schauen betreten, nur Kasper ist es, der nicht dabei ist.
Das muss es sein!,
sagt Joseph, und:
Es tut mir leid,
und:
Eine schlimme Sache, diese Depression.
Kaspers Freundin schaut sich die Nachricht lange an und das Bild, denn sie sehen nett aus, Kaspers Musiker, wie kleine Äpfel.

Kaspers Freundin wickelt den Schal des Notars ab und zeigt Joseph ihre violette Narbe am Hals.
Joseph betrachtet sie lange traurig und schüttelt den Kopf.

Jaja. Das ist diese Depression. Das muss sie sein. Du hast dir etwas eingefangen. Du hättest eben mehr unter Leute gehen sollen. Soll ich einen Arzt holen? Du wirst schon über alles hinwegkommen!

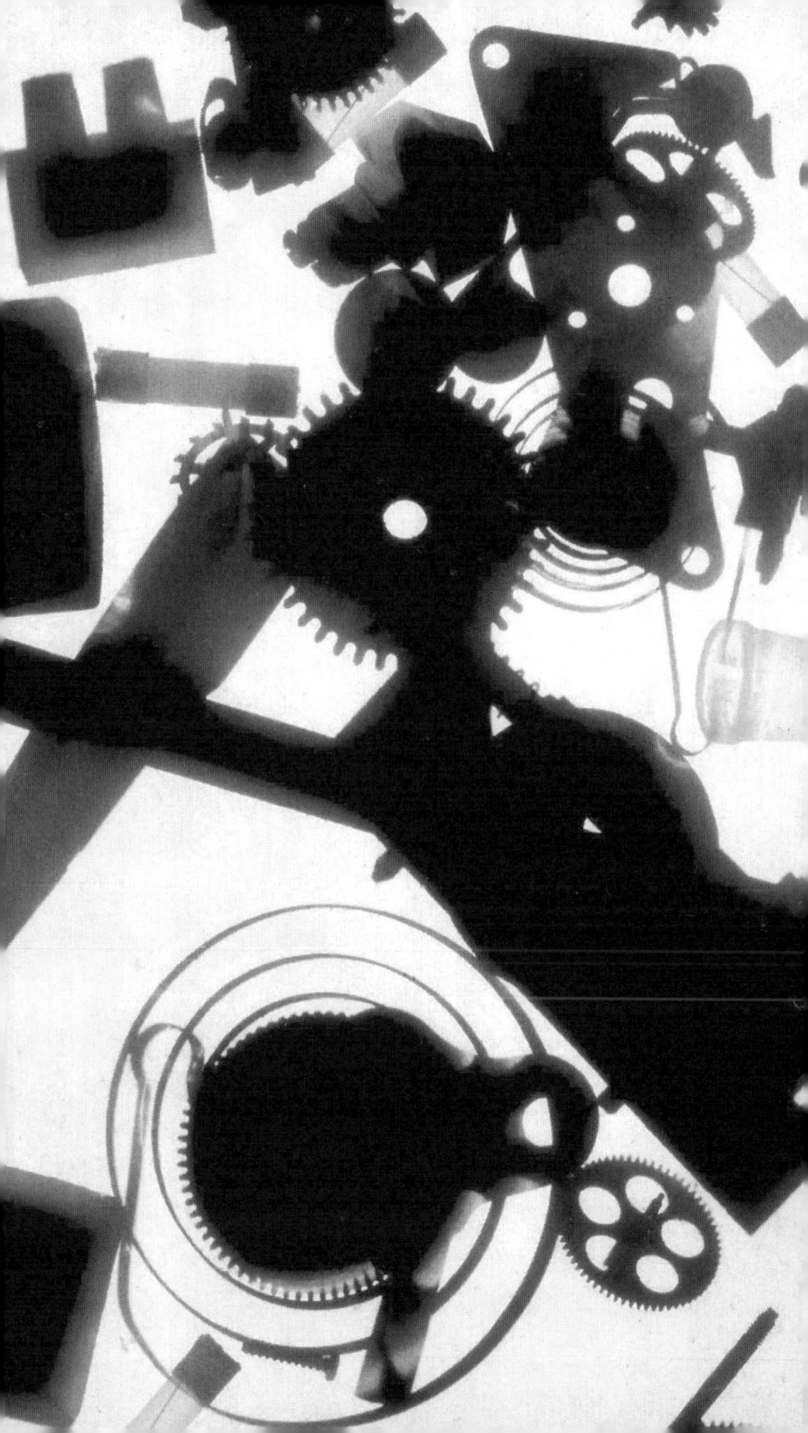